Zum Buch

Carmen Singer war ein aktives Mitglied der Cultusgemeinde in Zürich, aber auch eine mehr als anstrengende Frau, und hat die Nerven von Rabbi Klein schon des Öfteren strapaziert. Nach ihrem gewaltsamen Tod gerät das engste Umfeld des beharrlichen Rabbis ins Visier der ermittelnden Kommissarin Bänziger.

Doch auch Klein beginnt zu ermitteln und stößt auf Hinweise, die ihn auf die Spur des Verbrechens bringen. Hat sein ehemaliger Förderer, der langjährige Präsident der Gemeinde, etwas zu verbergen? Und was hat die wohlhabende Julia Scheurer mit der Sache zu tun, deren Vater ergreifende Liebesbriefe an eine Tote schrieb? Am Ende bewahrheitet sich jedenfalls, was Klein seiner Tochter aus den Weisheiten des Talmud zitiert: Eine gute Tat zieht weitere gute Taten nach sich, eine Gesetzesübertretung weitere Übertretungen.

Zum Autor

Alfred Bodenheimer, geboren 1965 in Basel, studierte Germanistik und Geschichte. Er betrieb Talmud-Studien in Israel und den USA und wurde 2003 Professor für jüdische Literatur- und Religionsgeschichte an der Universität Basel. Sein erste Roman *Kains Opfer* wurde mit dem Zürcher Krimipreis ausgezeichnet.

Lieferbare Titel

Kains Opfer

ALFRED
BODENHEIMER

DAS ENDE VOM LIED

KRIMINALROMAN

WILHELM HEYNE VERLAG
MÜNCHEN

Der Verlag weist ausdrücklich darauf hin, dass im Text enthaltene externe Links vom Verlag nur bis zum Zeitpunkt der Buchveröffentlichung eingesehen werden konnten. Auf spätere Veränderungen hat der Verlag keinerlei Einfluss. Eine Haftung des Verlags ist daher ausgeschlossen.

Vollständige deutsche Taschenbuchausgabe 10/2016

Neumarkter Straße 28, 81673 München
Printed in Germany
Umschlaggestaltung: Nele Schütz Design, München,
unter Verwendung von Motiven von © Arcangel Images/Paul Gooney
Druck und Bindung: GGP Media GmbH, Pößneck
ISBN: 978-3-453-43836-1

www.heyne.de

Das Ende vom Lied

I

Liebe Elisabeth,
wenn Du mich heute hättest sehen können! Zum ersten Mal wieder im weißen Kittel unterwegs, das Stethoskop in der Tasche.
Den ganzen Tag wandelte ich wie auf Wolken und schwankte zwischen Lachen über das wiedergewonnene Glück, in einem richtigen, wenn auch klitzekleinen Krankenhaus Patienten behandeln zu dürfen, und Weinen in Trauer um Dich, mit der ich das nicht mehr teilen darf.
Wie ich Dir schon geschrieben habe, steht mir noch ein langer Weg bevor – die Ausbildung zum Traumatologen wird noch zwei bis drei Jahre in Anspruch nehmen. Aber ich spüre das Vertrauen von Doktor Fueter, und er hat heute, als wir uns im Korridor begegneten, wiederholt, dass er sich darauf freut, hier einmal eine Abteilung für Traumatologie stehen zu sehen, deren Leiter ich wäre. Er rechnet ja damit, dass in wenigen Jahren wieder Touristen hierher zum Skilaufen kommen. «Da werden dann schon genug Arm- und Beinbrüche anfallen, machen Sie sich keine Sorgen», hat er mir aufmunternd gesagt, mit seinem breiten Akzent. Diese Schweizer pflegen zuweilen einen eigenartigen Pragmatismus.
Ich sinke jetzt ins Bett. Dieser Tag mit all seinen neuen Gefühlen und Aufgaben war doch sehr ermüdend. Wie immer denke ich an Dich in meiner engen Kammer, die ich in den nächsten Wochen durch eine bequemere Wohnung zu ersetzen hoffe.
In grenzenloser Liebe
Dein H.

So kalt, wussten die Medien zu berichten, war es seit mehr als fünfzig Jahren nicht mehr gewesen. Die lokalen Zeitungen holten die Fotos von der Seegfrörni aus dem Archiv, als die Zürcher 1963 auf dem See Schlittschuh liefen. Die kleinen Seen in der Umgebung der Stadt, der Katzensee, der Türlersee, selbst der Greifensee waren bereits zum Betreten freigegeben.

Das Auto stotterte bloß. Drei, vier Versuche unternahm Gabriel Klein, dann gab er es auf. Als er die Pannenhilfe anrief, wurde ihm beschieden, man könne ihm frühestens in drei Stunden Hilfe schicken – Ausnahmezustand. Er solle wenn möglich die öffentlichen Verkehrsmittel benützen. «Wenn Sie können, lassen Sie das Auto einfach stehen, bis es wärmer ist. Das hilft womöglich schon.» Sie mussten tatsächlich ziemlich am Anschlag sein, wenn sie solche Tipps gaben.

Seit langem hatte Rivka moniert, sie bräuchten einen Garagenplatz, doch Klein hatte sich dem immer widersetzt. «Bei den Mieten in unserer Gegend zahlen wir in einem Jahr mehr, als das ganze Auto wert ist», hatte er ihr gesagt. Mochte sein – jedenfalls musste er jetzt nach Bern den Zug nehmen.

Er hatte aus Bern auch gleich seine Schwiegereltern, die dort wohnten, nach Zürich nehmen wollen. Zum Glück hatte Rivka das gestern schon getan, als das Auto noch funktionierte. Er hatte das zuerst übertrieben gefunden – wenn er heute doch hinfuhr, hatte er gemeint, dann könne er sie mitnehmen. Der Flug nach London ging ja erst morgen früh. Doch Rivka kannte die Ängste und die Unbeweglichkeit ihrer Eltern. Wenn sie morgen früh schon um fünf Uhr aufstehen mussten, um den Flieger zu bekommen, dann sollten sie wenigstens heute in Zürich einen geruhsamen Tag zur Vorbereitung haben.

Rivka hatte sich auf die Reise gefreut. Sie hatte ihren Bruder in London länger nicht besucht, und da ihre Eltern die Reise zur Barmizwa ihres Enkels davon abhängig machten, dass sie mitkommen würde, war ihr der Entschluss nicht schwergefallen. Doch je näher die Reise rückte, desto nervöser wurde sie – eine Mischung aus Angst, vor allem um ihren gebrechlichen Vater, aus Bedauern, Klein und die Töchter in Zürich zurückzulassen, und aus Vorfreude und Unbehagen vor einem Schabbat in der ziemlich mondänen Gemeinde in Hampstead. Sie hatte sich für die Gelegenheit zwei neue Kleider und ein ganzes neues Set Make-up gegönnt. Und natürlich würde sie den eleganten wattierten Kapuzenmantel tragen, den Klein ihr zum Geburtstag geschenkt hatte, ihr «Hautevoleestück», wie sie es nannte.

Missgelaunt stieg Klein aus dem eiskalten Auto und warf die Tür zu. Er hatte ohnehin keine Lust, nach Bern zu fahren, und tat es nur, weil er die letzten beiden Sitzungen der interreligiösen Kommission geschwänzt hatte, und ein drittes Mal käme ihm ungehörig vor. Zudem war heute die kleine jüdische Gemeinde von Bern der Gastgeber, da wäre es ein besonderer Affront, wenn gerade er fehlte.

Als Klein in der Bahn saß, fand er schließlich, dass das eigentlich bequemer sei als im Auto. Er kaufte sich, als die Minibar durch den Gang rollte, einen Kaffee und nahm die prall gefüllte Klarsichtmappe aus der Tasche, die er zur Lektüre eingesteckt hatte – als hätte er eine Vorahnung gehabt, dass es am Ende mit dem Auto nichts würde. Es war ein Konvolut mit Kopien von sorgfältig handgeschriebenen Briefen. Fast drei Monate hatten sie in seinem Arbeitszimmer gelegen, bevor er beschlossen hatte, sie genauer anzusehen.

Warum er sich so lange davor gedrückt hatte, wusste er selbst nicht genau. Als Historiker war er eigentlich an Selbstzeugnissen interessiert, und was ihm Julia Scheurer über die Briefe ihres Vaters erzählt hatte, klang eigentümlich genug. Wahrscheinlich war sein Desinteresse eher psychologischer Natur gewesen.

Offenbar, so hatte Klein aus Julias Erklärung verstanden, hatte Röbi Fuchs den «Herrn Rabbiner Klein» seinem Rotarierfreund Christoph Scheurer, Julias Mann, empfohlen. Christoph Scheurer saß, wie Klein herausfand, in der Geschäftsleitung des Unterland-Versicherungskonzerns. Nicht zum ersten Mal hatte Klein das Gefühl gehabt, als eine Art Hausintellektueller der gutbetuchten Zürcher Juden auch an ihre nichtjüdischen Bekannten weitergereicht zu werden.

Natürlich wusste Röbi Fuchs, dass Klein niemanden abweisen konnte, der sich auf ihn berief. Röbi Fuchs war der Gemeindepräsident gewesen, der seinerzeit, vor über zwanzig Jahren, Klein als Rabbinatsassistenten eingestellt und ihn vom Elend seiner Universitätsstelle befreit hatte. Röbi Fuchs hatte auch für das Geld und die Zustimmung im Vorstand gesorgt, um ihn später zur Vollendung seiner Rabbinatsausbildung zwei Jahre lang nach Israel zu schicken. Wenn Klein heute der Rabbiner der größten jüdischen Gemeinde der Schweiz war, verdankte er das zu einem guten Teil Röbi, und so patriarchalisch dieser zuweilen auch auftrat, spürte Klein doch immer auch echte Zuneigung und war ihm emotional verbunden. Aber deshalb musste man nicht gleich bei jedem Rotarierfreund von Röbi Fuchs oder dessen Frau sofort «Männli mache», wie es Kleins verstorbener

Vater genannt hätte. Schon die Würde seines Amts verlangte es, fand Klein, dass er Julia Scheurers Unterlagen eine Weile liegenließ. Aber drei Monate? Frau Scheurer hatte sich zwar noch nicht gemeldet und nach Kleins Eindrücken gefragt, doch es war sicher höflicher, darauf nicht erst zu warten.

Die siebzig oder achtzig Briefe hatte sie gefunden, als die Familie nach dem Tod der Mutter das Elternhaus in der Nähe des Brienzersees geräumt hatte. Sie befanden sich in einer unscheinbaren Schuhschachtel auf dem Dachboden, und Julia hatte sofort die Schrift ihres Vaters erkannt, der bis zu seinem Tod in den frühen achtziger Jahren immer mit demselben Füllhalter geschrieben hatte – dem ersten Gegenstand, wie er ihr einmal erzählte, den er sich kaufen konnte, als er gegen Ende des Kriegs mit einem Transport aus Theresienstadt in die Schweiz gekommen war.

Hermann Pollack hatte seinen Kindern hin und wieder von seiner ersten, jüdischen Frau Elisabeth erzählt. Julia und ihre Schwestern wussten, dass er sie als junger Arzt im Wiener Rothschild-Spital kennengelernt hatte, als sie dort wegen eines Beinbruchs zwei Wochen verbrachte. Dass sie 1938, kurz nach der Annexion Österreichs, geheiratet hatten, es aber angesichts der immer schwierigeren Situation vermieden, Kinder in die Welt zu setzen. Dank seiner Tätigkeit als Arzt hatte Hermann Pollack noch bis 1943 im Krankenhaus praktizieren können, dann wurden er und Elisabeth gemeinsam nach Theresienstadt deportiert. Er hatte einen Transport nach Auschwitz vermeiden können, weil er als Arzt für die inhaftierten Juden arbeitete. So war es ihm auch gelungen, Elisabeth vor der Deportation zu bewahren, doch Mitte Januar 1945, kurz bevor sie beide mit einem Transport des Roten Kreuzes in die Schweiz hätten ausreisen können, war sie an Tuberkulose gestorben.

Hermann Pollack war bei der Ankunft ebenfalls geschwächt und wurde in das jüdische Krankenheim nach Davos gebracht. Später fand er eine Stelle bei einem Bezirksspital im Berner Oberland, wo er die Orthopädie- und Trauma-Abteilung aufbaute. Er heiratete die viel jüngere Tochter seines ersten Chefs aus dem Emmental und hatte mit ihr drei Kinder, Julia und ihre beiden Schwestern. Viel mehr wusste Julia Scheurer nicht über die Zeit vor ihrer eigenen Geburt.

Das Einzige, was im Alltag der Familie Pollack noch an Elisabeth erinnerte, war, dass Hermann Pollack jedes Jahr an einem Samstag im Januar nach Bern gefahren war, um dort in der Synagoge das Totengebet für sie zu sprechen. Er hatte nie erlaubt, dass ihn jemand aus der Familie dorthin begleitete, auch nicht seine zweite Frau.

«Für uns war Elisabeth immer halb Mensch, halb Geist», hatte Julia Scheurer Klein gesagt. «Und ich habe nie wirklich gewusst, wie sehr mein Vater an diesem Verlust gelitten hat. Aber als ich diese Briefe fand, ist mir klar geworden, dass unsere Familie für ihn wirklich das zweite Leben war, für das er sein ganzes erstes Leben mit Gewalt hatte zuschütten müssen.»

Es waren Liebesbriefe, die Hermann an die verstorbene Elisabeth geschrieben hatte, fünf Jahre lang, bis unmittelbar vor der Heirat mit seiner zweiten Frau Margrit. Briefe, die alle mit der Anrede «Liebe Elisabeth» begannen und mit der Formel «in grenzenloser Liebe» endeten. Julia Scheurer wollte von Klein wissen, was mit diesen Briefen zu tun sei. Waren sie nur für die Familie interessant? Sollten sie in ein

Archiv? Waren sie es vielleicht sogar wert, als Buch zu erscheinen?

Nun ging Klein die Briefe durch, vom ersten, der tatsächlich vor allem vom Kauf des Füllhalters in einer Papeterie in Davos berichtete, über die Berichte aus dem Krankenheim, den Kontakt, den ein Bündner Arzt für ihn zum Bezirksspital im Berner Oberland herstellte, bis zu den ersten Monaten, die er dort arbeitete.

Als Klein die Briefe nun durchsah, sich unsystematisch hier und dort festlas, spürte er, wie die Mischung aus Aufbruchstimmung und Melancholie, die diese Briefe beherrschte, von ihm selbst Besitz ergriff. Und noch etwas fiel ihm auf: Diese Briefe waren nicht an eine Tote gerichtet. Elisabeth war für Hermann Pollack präsent, er fragte sie um Rat, beschwichtigte sie, wenn er Widerspruch erwartete, sorgte sich um sie. «Ich möchte Dir meine Albträume nicht beschreiben, das würde Dich zu sehr belasten», las Klein an einer Stelle. Vor allem aber fiel ihm auf, dass es in etlichen dieser Briefe Bemerkungen über das Hohelied gab, die Klein nun beim ersten Lesen im Zug nur überflog, denen er sich aber später mit mehr Ruhe widmen wollte – am besten am Schabbat, wenn seine Frau in London sein würde. Offenbar hatte damals ein Rabbiner oder Religionslehrer, der die Patienten in Davos hin und wieder besuchte, Hermann Pollack eine deutsche Übersetzung der Bibel geschenkt, und das Hohelied, das er nun zum ersten Mal las, hatte den jungen, kränklichen Witwer in seinen Bann gezogen.

Erst als der Zug im Bahnhof Bern anhielt, schreckte Klein von der Lektüre der Briefe auf, packte eilig zusammen und betrat, mit noch lose hängendem Schal, den eiskalten Bahnsteig. Fünfzehn Minuten später war er im Zentrum der jüdischen Gemeinde. Im selben Gebäudekomplex lag die Synagoge, in der Rivka und er vor vielen Jahren geheiratet hatten – und in der Jahre zuvor, einmal in jedem Januar, Hermann Pollack den Kaddisch für seine erste Frau Elisabeth gesagt hatte.

Am Ende waren von den zwölf Mitgliedern der interreligiösen Kommission nur fünf gekommen – Klein eingeschlossen. Drei der Abwesenden hatten sich erst heute Morgen abgemeldet. Und auch der vorgesehene Gast, ein bekannter Theologe aus Tübingen, mit dem man über sein neues Buch mit dem trendigen Titel *Religion multifunktional* sprechen wollte, hatte vor einigen Stunden abgesagt. Klein hatte das Buch sogar extra gekauft und einige Passagen gelesen, um sich vorzubereiten. Er fand es nichtssagend, aber auch darüber hätte man reden können.

In seiner Region gäbe es vereiste Straßen, da sei die Autofahrt nach Bern ihm zu riskant erschienen, hatte der Professor beschieden. Klar, dachte Klein frustriert. Für die lächerlichen zweihundert Franken Honorar, die sie Gästen anboten, stieg so jemand nicht auf den Zug um.

Um das Gefühl zu haben, sich nicht ganz umsonst herbemüht zu haben, ging man die Tagesordnung pro forma im Eiltempo durch, beriet noch dies und jenes, und Klein goss sich dreimal vom übersäuerten Filterkaffee aus der Thermosflasche ein und stopfte sich in stumpfsinniger Gier Kekse in den Mund, obwohl sie ihm nicht schmeckten. Erst beim letzten Treffen war ihm aufgefallen, dass man an anderen Sitzungsorten als im jüdischen Gemeindehaus nie darauf achtete, koscheres Gebäck bereitzustellen. Sollte der Rabbiner eben die Früchte essen!

Schließlich kam man zum Schluss, dass es keinen der Anwesenden störte, wenn man heute früher Schluss machte. Sie trennten sich mit dem verbindlichen Händedruck einer verschworenen kleinen Gemeinschaft von Aufrechten, die nicht gleich kniffen, wenn es draußen mal ein paar Grad kälter war. Für diesen blöden Händedruck, dachte Klein, hatte es sich nicht gelohnt, die Reise zu unternehmen. Mit zwei anderen Kommissionsmitgliedern, die ebenfalls von auswärts gekommen und nicht viel besser gelaunt waren als er, stapfte er zum Bahnhof zurück. Sie sprachen kaum ein Wort, dafür war es zu kalt.

Der Halb-fünf-Uhr-Zug nach Zürich transportierte bereits die erste Welle Pendler aus der Bundesverwaltung nach Hause. Klein setzte sich, um der unangenehmen Promiskuität voller Viererabteile zu entgehen, in den Speisewagen. Ohnehin konnte er einen heißen Tee vertragen. Er zog die Mappe mit den Briefkopien aus der Tasche, um die Briefe Hermann Pollacks nun einer systematischeren Lektüre zu unterziehen. Gerade hatte er begonnen, sich nochmals in den ersten Brief einzulesen, der unvermittelt mit dem Ausruf begann: «Liebe Elisabeth, dieser Füllfederhalter ist für Dich!», als ihm jemand auf die Schulter klopfte.

«Diese Schriftgelehrten – immer mit Lesestoff unterwegs, wie?»

Klein blickte auf. Über sich sah er das grinsende Gesicht von Guy Fuchs, Röbis Sohn.

«Hallo, Foxi», sagte Klein so begeistert wie möglich.

Seit der Primarschule nannten ihn alle Gleichaltrigen so. Foxi hatte nach kurzer Gegenwehr erkannt, dass er besser damit fuhr, den Namen zu akzeptieren, und bestand am Ende geradezu darauf, so angesprochen zu werden. Als Klein, kurz nach seiner Einsetzung als Rabbiner der Cultusgemeinde, ihn Jahre später wieder getroffen hatte und ihn mit seinem Vornamen ansprach, hatte er überraschend ernst darauf hingewiesen, dass er immer noch Foxi sei. Klein hatte das eher als gespielte Lockerheit empfunden, denn Foxi galt sonst als ziemlich humorloser Snob. Vielleicht fand er es einfach chic, wenn der Rabbiner der Gemeinde ihn mit seinem alten Spitznamen rief.

Foxi wies auf den Platz Klein gegenüber. «Ist hier noch frei?»

«Ja, bitte.»

«Ich will aber nicht stören», sagte Foxi.

«Aber überhaupt nicht», sagte Klein und machte sich resigniert daran, Hermann Pollacks Briefkopien einzupacken. Die Kellnerin brachte seinen Tee.

Foxi bestellte ein Bier und deutete auf die Kopien. «Spannendes Zeug?»

Klein ärgerte sich. Fragte er Foxi, ob seine Finanzberatungsinstrumente «spannendes Zeug» seien?

«Briefe eines Überlebenden von Theresienstadt», erklärte er.

«Oh – jemand aus unserer Gemeinde?»

«Kennst du Christoph Scheurer?»

Immerhin schien ja Foxis Vater mit Scheurer befreundet zu sein.

«Den Scheurer von der Unterland-Versicherung?»

«Genau der.»

Klein beobachtete, wie Foxis Augen hinter der Designerbrille einen staunend-respektvollen Ausdruck bekamen. «Ein bisschen. Wie man sich halt kennt im Geschäftsleben.»

Also gar nicht, dachte Klein. Röbi Fuchs' Beziehungen waren nicht automatisch die seines Sohnes. «Seine Frau hat mir das gegeben. Stammt von ihrem Vater», meinte er beiläufig.

«Scheurers Frau ist jüdisch?» Foxi schien wirklich überhaupt nichts von ihm zu wissen.

«Ihr Vater war jüdisch. Hermann Pollack aus Wien.»

«Wusste ich nicht.»

Foxis Bier kam.

«Einer der Vorzüge des Zugfahrens», meinte Foxi, als er Klein sein Glas entgegenhob. Nachdem er einen Schluck genommen hatte, fügte er an: «Ich fahre ja sonst kaum mit dem Zug. Aber zur Abwechslung ist das doch ganz angenehm.» Und ohne dass Klein weiter nachgefragt hätte, meinte er: «Den Audi hat meine Frau gebraucht. Und der Maserati friert nicht gern. Naja, Italiener halt.»

Klein lächelte gezwungen. Er verschwieg den Zustand seines alten Peugeot.

Foxis Miene wurde ernster. «Hast du gehört, dass mein Vater im Spital liegt?»

«Nein», meinte Klein erschrocken. «Was hat er denn?»

«Er hatte letzten Freitag einen Herzinfarkt. Zum Glück war Rosalie gerade bei ihm. Sie hat sofort die Hatzoloh angerufen. Innert zwanzig Minuten war er im Spital. Die sind schon gut. Sonst wäre er kaum mehr unter uns.» Rosalie Schneidinger war Röbi Fuchs' langjährige Geliebte, vor und nach seiner Scheidung, vor und nach dem Tod ihres Mannes.

«Und wie geht es ihm jetzt?»

«Besser. Er liegt nicht mehr auf der Intensivstation.»

«Kann man ihn besuchen?»

«Eigentlich versuchen wir ihn etwas zu schonen. Simone ist sehr viel bei ihm. Aber ich denke, über einen kurzen Besuch von dir würde er sich freuen.»

Foxis jüngere Schwester Simone war mit dem Zahnarzt Efrem Lubinski verheiratet, den man in der Gemeinde selten sah, weil er seine ganze Freizeit beim Segelfliegen oder Extremskifahren verbrachte. Simone war Klein immer sympathischer gewesen als ihr Bruder. Ihre Tochter Jenny war mit Kleins Tochter Dafna befreundet, was Klein nie ganz verstand, da er Jenny verwöhnt und launisch fand. Aber jedes Mal, wenn Dafna in der Lubinski-Villa in Rüschlikon eingeladen war, hatten sie vorher das halbe Koschergeschäft Zürichs leergekauft, um sie angemessen bewirten zu können, obwohl sie selbst zu Hause nicht mehr koscher aßen.

Klein und Foxi unterhielten sich den Rest der Reise über Gemeindepolitik und über ihre Kinder. Zwei- oder dreimal versuchte Foxi nochmals beim Thema Christoph Scheurer einzuhaken und mehr darüber zu erfahren, wie der Kontakt zwischen dessen Frau und Klein zustande gekommen war und in welcher Beziehung der Finanzchef des Unterland-Konzerns und der Gemeinderabbiner genau zueinander standen, doch Klein hielt sich bedeckt.

Kurz vor der Einfahrt nach Zürich, zwischen Dietikon und Altstetten, meldete sich per Lautsprecher die Zentrale der Schweizerischen Bundesbahnen in Bern. Wegen der außergewöhnlich tiefen Temperaturen seien die Gleise im Bereich des Zimmerberg-Tunnels derzeit nicht befahrbar, und am Bahnhof Enge – der alten Strecke, die vor dem Bau des Tunnels für alle Fahrten am linken Zürichseeufer benützt wurde – habe sich ein Personenunfall ereignet. Deshalb sei die Zugverbindung zwischen Zürich und der Innerschweiz, dem Bündnerland sowie nach Italien und Österreich derzeit gesperrt. Es wurde auf die Lautsprecherdurchsagen im Hauptbahnhof Zürich verwiesen.

Klein war einen Moment irritiert – für die Bahn war ein «Personenunfall», der Tod eines Menschen auf den Geleisen, immer zunächst ein organisatorisches Problem, und für die Reisenden letztlich auch. Foxi legte ebenfalls die Stirn in Falten. «Hoffentlich hat Simone es noch heim geschafft vom Spital. Sie wollten heute Abend in die Oper. Die neue Carmen-Aufführung, du hast sicher davon gehört.»

Klein nickte kurz. Opern interessierten ihn nicht. Er zog seine Winterjacke und seine Wollmütze an, die ihm Rivka statt seines Hutes aufgenötigt hatte, und band diesmal rechtzeitig seinen Schal um. Er verabschiedete sich von Foxi mit einem Händedruck, bevor er die Handschuhe anzog, und gab ihm gute Wünsche für den Vater mit.

«Ich besuche ihn in den nächsten Tagen.»

«Er wird sich freuen, danke.»

Als Klein heimkam, war Rivka in miserabler Stimmung. Die elfjährige Rina lernte mit Kleins Rabbinatspraktikant David Bohnenblust auf die Aufnahmeprüfung fürs Gymnasium. Dafna war in irgendein Endlosgespräch am Telefon versunken. Kleins Schwiegereltern saßen im Salon und sahen fern – ziemlich laut, wie Klein erstmals auffiel.

«Was hast du denn?», fragte Klein seine Frau, die in der Küche fuhrwerkte.

«Nichts, alles wunderbar. Kochen für heute Abend, vorkochen für den Schabbat, fertig packen, Taxi für morgen früh bestellen, Dafna, die ihre Schulaufgaben nicht macht. Und heute Nachmittag hab ich noch zwei Stunden Unterricht gegeben. Halsweh hab ich auch. Am Ende kann ich gar nicht fliegen. Noch mehr Auskünfte gefällig?»

Klein versuchte sie zu besänftigen, obwohl er wusste,

dass das nichts nützte. Er könne selbst für den Schabbat kochen.

«Ach ja? Ein Spiegelei? Oder Spaghetti?»

Sie hatte leider recht: Seine Kochkünste waren nie weit gediehen.

Er würde immerhin kontrollieren, dass Dafna ihre Schularbeiten mache. Leider müsse er aber heute Abend auch nochmals weg – sein Talmudkurs.

«Ich weiß», sagte Rivka resigniert, aber mit leicht versöhnlichem Unterton.

Gleich nach dem Essen ging Klein zur Synagoge, in deren oberen Räumen der Lehrkurs stattfand. Die paar Teilnehmer waren trotz der Eiseskälte zum größten Teil erschienen. Sie beschäftigten sich heute mit den zwölf Broten, die eine ganz bestimmte Form besaßen, wöchentlich im Tempel auf ein Gestell gelegt worden waren und immer frisch blieben. Nur eine Familie im ganzen biblischen Israel, so lautete die Legende, beherrschte die Kunst, die Brote so zu backen.

«Eine Woche lang frisch», schwärmte einer der Männer. «Das hat unsere Koscherbäckerei hier meistens nicht mal für einen Tag geschafft.»

«Deshalb ist sie vielleicht auch eingegangen», sinnierte ein anderer.

«Immer frisch – das steht für die Liebe zwischen Gott und Israel», meinte Klein. «Wie im Schir Haschirim. So verstehe ich das.» Er dachte an die Briefe Hermann Pollacks und dessen Faszination für das Hohelied.

Nach dem Ende des Kurses saßen sie noch länger beisammen, tranken Tee und bereiteten sich auf den erneuten Gang durch die bissige Kälte vor.

Als Klein nach Hause kam, war es nach halb elf. Rivka

und ihre Eltern, die schon vor fünf Uhr aufstehen mussten, waren schlafen gegangen, und Dafna und Rina, die sich während des Aufenthalts der Großeltern das Zimmer teilten, tuschelten bei offener Tür noch im Bett. Als Klein ins Zimmer trat, stellte Rina sich sofort schlafend, was ihn zum Lachen brachte und die Mädchen schließlich ebenfalls. Er gab jeder einen Kuss und zog im Hinausgehen die Tür hinter sich zu.

Am Morgen gegen sechs, als das Taxi mit Rivka und ihren Eltern soeben abgefahren war und Klein sich noch einmal für ein paar Minuten hingelegt hatte, bevor er und die Mädchen würden aufstehen müssen, läutete das Telefon. Offenbar hatte Rivka etwas vergessen oder musste ihm noch vor der Abreise etwas sagen. Klein griff auf den Nachttisch und hob ab, ohne hinzusehen. «Ja?», sagte er gedehnt, ohne seine Müdigkeit zu überspielen.

Es war aber nicht Rivka. Am Telefon meldete sich ein Mitglied seiner Gemeinde, Charly Singer, mit Grabesstimme. Seine Ex-Frau war gestern Nachmittag kurz nach fünf beim Bahnhof Enge von einem Zug überfahren worden. Als sie auf die S-Bahn wartete, die sie heim nach Kilchberg hätte bringen sollen.

«Der Personenunfall!», entfuhr es Klein unwillkürlich. Und nach einem Moment des Innehaltens fragte er: «Hat sie – sich umgebracht?»

«Es ist nicht klar. Es gibt keine direkten Anzeichen dafür. Vielleicht war es auch ein Unfall.»

«Das tut mir so außerordentlich leid», sagte Klein.

Charly schwieg. Es gab mehrere Möglichkeiten, das zu deuten.

«Und wo ist Nathan?», fragte Klein schließlich nach einer unangenehmen Pause.

«Nathan ist bei mir. Er wird von einer Polizeipsychologin betreut.»

«Und du?»

«Naja, ich musste die Leiche identifizieren heute Nacht ...»

«In ein paar Minuten bin ich bei dir. Wenn es dir recht ist.»

«Ja», sagte Charly. «Es ist mir recht.»

Klein holte die Mädchen aus dem Bett und wies sie an, sich heute selber für die Schule bereit zu machen. Er bestellte ein Taxi und fuhr ins Seefeld zu Charly Singer.

2

Liebe Elisabeth,
seit vier Monaten bin ich nun in Davos. Und Du findest mich heute so gelöst, so – ich möchte fast sagen – glücklich, wie ich es nie mehr war, seit …
Und schon kann ich fast nicht mehr weiterschreiben vor Trauer und Sehnsucht. Dabei wollte ich Dir doch genau das Gegenteil berichten. Nämlich vom Besuch des Berner Religionslehrers Kupfer gestern hier in unserem Sanatorium. Er ist unser geistlicher Betreuer und Seelsorger. Du erinnerst Dich, er war es, der mir vor einigen Wochen die Bibelübersetzung von Leopold Zunz gegeben hat. «Nicht um Ihnen Glauben zu schenken», hat er damals gesagt, «wie könnte ich mir das anmaßen. Ich bin ja kein Missionar. Sondern um Ihnen Gedanken zu schenken.» Ich habe Dir das damals geschrieben, und diese Worte bewegen mich immer noch.
Gestern hat er mich gefragt, ob ich schon Gelegenheit hatte, in der Bibel zu lesen, und ich musste ihm antworten, dass ich bisher darin keine Gedanken gefunden habe. Dass ich daran bin zu zerbrechen, weil mein einziges Lebensziel, das mich T. durchstehen ließ, Dich, meine Geliebte, zu retten, sich nicht erfüllt hat. Ich sagte ihm ganz offen, was ich vor einigen Wochen unserem hiesigen Lungenarzt Dr. Schöller anvertraut habe: Dass ich keinen Zweck mehr im Leben sehe. Dr. Schöller hatte seinerzeit gemeint, ich solle die Vergangenheit hinter mir lassen, ich sei noch jung, könne neu beginnen. Ich hatte Dir das nicht geschrieben, es schmerzte mich zu sehr und hätte Dich wohl noch mehr geschmerzt.

Er hatte es gut gemeint und nichts verstanden.
Herr Kupfer hat mir hingegen geraten, das Hohelied zu studieren. «Sie brauchen Leidensgenossenschaft in der Liebe.» Mehr hat er nicht gesagt. Heute las ich die ersten Verse. Ja, sie sind das Erste, was mir seit allem, was mit uns geschehen ist, für ein paar Stunden Seelenruhe gespendet hat. Ich wollte sie mit Dir teilen, nun ist sie dahin.
In grenzenloser Liebe
Dein H.

Die Familie Singer hatte zu den unauffälligeren in der Gemeinde gehört. Klein kannte Charly Singer aus dem Jugendbund, seine Frau Carmen stammte aus der Romandie, und ihr Sohn Nathan war mit Dafna in dieselbe Klasse der jüdischen Primarschule Efrat gegangen. Näheren Kontakt pflegten die Kleins mit den Singers nicht, ab und zu führten Rivka und Carmen kurze Gespräche, wenn sie vor dem Schulgebäude darauf warteten, dass die Kinder herausstürmen würden. Klein und Charly verband lose auch das gemeinsame Schicksal von promovierten Historikern, die beide versucht hatten, den universitären Weg einzuschlagen, und dabei gescheitert waren – wobei Charly länger gebraucht hatte, um sich von seinen Illusionen zu verabschieden, als Klein, der bald in der Cultusgemeinde seinen Platz gefunden und schließlich das Rabbinat übernommen hatte. Charly Singer leitete eine Unterabteilung des Zürcher Staatsarchivs, während Carmen damals als Sachbearbeiterin an der Universität arbeitete, weil sie als Betriebswirtschafterin keine Teilzeitstelle gefunden hatte. Eine normale kleine Familie eben.

Bis eines Tages vor etwa drei Jahren Carmen Singer unangemeldet und vollkommen aufgelöst in Kleins Büro stand. Vor einigen Wochen, so erzählte sie, hätten Charly und sie sich fürchterlich gestritten, und sie habe ihm in ihrer Wut und um ihn zu demütigen an den Kopf geworfen, dass sie damals, als sie gemeinsam während Charlys Postdoktorat vor Nathans Geburt zwei Jahre in Kanada verbracht hatten, eine Affäre mit einem anderen Mann aus ihrer dortigen Gemeinde gehabt habe. Und Charly hatte daraufhin nichts anderes zu tun gehabt, als von Nathan eine Speichelprobe zu nehmen und einen Vaterschaftstest machen zu lassen.

Nathan war nicht sein Sohn.

Wenn Nathan aber Carmens Sohn aus einer verbotenen Beziehung war, dann war er ein Mamser, ein Bastard – das härteste Los, das einen jüdischen Menschen überhaupt treffen konnte, denn es gab praktisch keine jüdischen Ehepartner mehr, die er nach der Halacha heiraten durfte. Carmen verfluchte sich, in der Wut eine Spur gelegt zu haben, die sie selbst immer geahnt, aber nie verraten hatte. Sie verfluchte ihren Mann, der die Gnadenlosigkeit besessen hatte, seinen Sohn oder das, was er immer dafür gehalten hatte, in einen Mamser zu verwandeln. Und sie verfluchte ein religiöses Gesetz, das unschuldige Menschen wie ihren Sohn Nathan ein ganzes Leben lang stigmatisierte – es sei denn, der Rabbiner wisse Rat.

Diesen Rat zu wissen, war für Klein in der Tat nicht sehr schwierig gewesen. Denn so drakonisch die Maßnahmen waren, die einen Mamser trafen, so erfindungsreich waren die Rabbiner über die Jahrhunderte gewesen, um diesen Zustand faktisch abzuschaffen. Der leiseste Zweifel, der daran bestehen konnte, dass ein Mensch ein Mamser war, wurde bereits verwendet, um ihm diesen problematischen Status abzusprechen. Und wenn es einen solchen Zweifel nicht gab, konnte man notfalls auch einen schaffen.

«Wie wissen wir überhaupt, dass die Speichelprobe, die dein Mann eingesandt hat, von eurem Sohn stammte?», fragte er die perplexe Carmen.

«Aber ...», hatte Carmen einzuwenden versucht.

«Und selbst, wenn das sicher wäre – wer kann beweisen, dass dann der biologische Vater von Nathan überhaupt ein Jude war? Vielleicht hat dir dieser Mann in Kanada das nur vorgegaukelt. Oder vielleicht hattest du ja gleichzeitig noch einen anderen, nichtjüdischen Liebhaber. Denn du musst wissen, dass nach all den Pogromen und anderen Formen von Gewalt, die Juden und auch jüdische Frauen in der Geschichte erleiden mussten, nach der Lehrmeinung die Vaterschaft eines Nichtjuden das Kind nicht zum Mamser macht.»

«Aber ...»

«Es gibt kein Aber!», hatte Klein Carmen Singer barsch unterbrochen. «Solange du daran interessiert bist, dass euer Sohn kein Mamser ist, gibt es kein Aber. Alles, was es gibt, ist eine Fülle ungeklärter Fragen, die es in weite Ferne rücken lassen, Nathan aufgrund von irgendwelchen wolkigen Verdachten zum Mamser zu erklären.»

Carmen Singer war außerordentlich dankbar und erleichtert gewesen. Charly und sie wurden bald geschieden, aber sie vermieden es beide, über Nathans Identität gegenüber Dritten zu sprechen, und wie Carmen ihm später einmal erzählte, hatte Charly auch vor Gericht keinen Gebrauch von seiner DNA-Analyse gemacht und zahlte Alimente für Nathan. Niemand außer dem Paar selbst und Klein schien von der Sache zu wissen. Womöglich wusste Nathan selbst nichts von seiner wahren Herkunft.

Eine andere Folge des Ereignisses war gewesen, dass Carmen Singer nun begann, sich stärker in der Gemeinde zu engagieren. Sie trat dem Vorstand des Efrat-Schulvereins bei, und sie wurde Mitglied der Jugendkommission der Cultusgemeinde. Auch sonst sah man sie öfter als früher an Veranstaltungen der Gemeinde. Obwohl oder gerade weil sie nun alleinerziehend war, investierte sie viel mehr Zeit als früher in das soziale Leben der Gemeinde, während Charly sich nach der Scheidung dort fast nie mehr blicken ließ.

Klein spürte von Anfang an, dass bei Carmens neuem Einsatz für die Gemeinde ihre Dankbarkeit ihm gegenüber eine Rolle spielte. Carmen begegnete ihm mit unverhohlener Bewunderung, und in den Gremien, in denen sie gemeinsam saßen, ergriff sie zuweilen vehement seine Partei. Er wiederum war von ihrem Einsatz beeindruckt, und als sie beiläufig einmal erwähnte, sie suche ziemlich dringend eine besser bezahlte Stelle und habe etwas Mühe, eine zu finden, hatte Klein es geschafft, sie an Lerchenwald Frères zu vermitteln, die Brokerfirma von Röbi Fuchs, die sein Großvater gegründet hatte und die gerade jemanden fürs Controlling suchte. Zwei oder drei Male war Carmen auch mit Nathan am Schabbat bei den Kleins zu Gast. Bis Rivka ihrem Mann erklärte, sie weigere sich, Carmen wieder einzuladen. Klein war perplex.

«Die ist scharf auf dich», sagte Rivka.

«Scharf auf mich?», fragte Klein ungläubig. «Wie kommst du denn darauf?»

«Ich sehe, wie die dich anschaut.»

Ein sehr unzuverlässiges Indiz, fand Klein. Dennoch war

er etwas beunruhigt, nach allem, was er über Carmen wusste. Er musste sich eingestehen, dass er ganz gern mit ihr zu tun hatte. Sie war keine besonders attraktive Frau, fand er, aber sie hatte Energie und versprühte Kreativität. Manchmal. Andere Male schien sie in sich gekehrt und schutzbedürftig. Sie konnte ihn anrufen, sprühend vor Ideen für ein neues Jugendprojekt, drängend und dann auch wieder neckisch im Ton, sie entwickelte eine fast ungebremste Produktivität und dankte ihm für seine Inspiration. Schon wenige Tage später konnte ihr Ton hilfesuchend werden, es brauche nun jemanden mit Autorität, der die Dinge angehe, das schaffe nur er. Mehr als er sich eingestehen wollte, fühlte er sich geschmeichelt, umworben, als der ganz private Held einer Frau, angehimmelt aus der Ferne, über eine Schwelle hinweg, die zu übertreten jenseits seiner Vorstellungen lag. Doch je öfter sie miteinander zu tun hatten, auch bei den sachlichen Mailwechseln zur Planung eines Jugendlagers, die sie ehrenamtlich übernommen hatte, desto weniger ließ sich leugnen, dass eine gewisse Nähe zwischen ihnen gewachsen war.

Rivka kam auf die Sache nicht mehr zurück, doch ihr Einladungsveto für Carmen und Nathan erhielt sie aufrecht. Nathan schien ohnehin auch schwieriger zu werden, kleidete sich auffällig, nahm gewisse Machoallüren an, wie Dafna irritiert, aber nicht ohne Faszination erzählte.

Als das Gemeinde-Jugendlager anstand, das Klein für einige Tage begleiten sollte, fragte ihn Rivka allerdings: «Kommt diese Frau auch mit?»

Es war klar, wer «diese Frau» war.

«Ja, sie hat das mitorganisiert – aber du projizierst hier Dinge hinein, die keine Grundlage haben.» Es klang wohl nicht ganz so sicher, wie Klein es beabsichtigt hatte.

«Du kennst meine Meinung», sagte Rivka. Mehr nicht.

Tatsächlich wurde dieses Lager zu einem verhängnisvollen Wendepunkt. Carmen bat ihn um ein Gespräch unter vier Augen und erklärte ihm, sie merke schon lange, dass er mehr für sie empfinde. Sie könne ihm verraten, dass er ihr auch nicht gleichgültig sei.

Klein machte einen Fehler. Er sagte ihr, dass er sie sympathisch finde, aber dies nichts mit irgendwelchen erotischen Empfindungen zu tun habe. Dass er ein verheirateter Mann sei. Glücklich verheiratet. Der dümmste Satz seines Lebens. Er ließ in Carmens Augen seine Liebe, Leidenschaft und Hingabe an alles, was Rivka betraf, zur Staffage einer lästig getragenen Konvention werden. Klarer konnte er dieser Frau, in ihren Augen, nicht sagen, dass er sich nach ihr sehnte, mit allen Fasern seines in der Ehe gefangenen Körpers.

«Was argumentierst du überhaupt mit dieser Person herum? Du hättest einfach aufstehen müssen, packen, ins Auto sitzen und heimfahren», erklärte ihm Rivka, die den Triumph des Rechthabens nicht weiter ausspielte, am folgenden Morgen am Telefon. «Und nun musst du dafür sorgen, dass sie aus allen Gremien geworfen wird, in denen du sitzt.»

Doch das tat Klein nicht. Er war davon überzeugt, das Problem lasse sich mit freundlicher Distanzierung lösen. Er wollte Kränkungen vermeiden. Dafür war er schließlich Rabbiner. Immerhin erzählte er jetzt Rivka über Carmens Vorgeschichte und ihre Angst im Gespräch damals, Nathan könne ein Mamser sein.

Rivka war entsetzt. «Und so jemanden lässt du wider jedes bessere Wissen in die Jugendkommission und andere Gremien einsteigen? Das hättest du um jeden Preis verhindern müssen.»

«Ich war beeindruckt von ihrem Engagement. Jeder verdient eine zweite Chance.»

«Die Frage ist nur: eine zweite Chance wozu?», hatte Rivka das Gespräch beendet.

Kleins Zurückhaltung hatte tatsächlich nur zur Folge, dass Carmen Singer immer deutlicher wurde in ihrem Wunsch, er solle endlich klare Verhältnisse schaffen und sich zu ihr bekennen. Sie forderte ihn unumwunden auf, mit ihr zu schlafen, rieb ihm frühere Gesprächsfetzen und aus seiner Sicht belanglose Bemerkungen aus seinen Mails unter die Nase, die sie als klare Beweise dafür nahm, dass er ihr Signale sandte, sie begehrte, nichts wollte als sie, aber es nicht offen einzugestehen wagte.

Erst als er einen Zeitungsartikel über Stalker und ihre Opfer las, wurde Klein klar, in welcher Situation er sich befand. Es war nicht so, dass er täglich hundert Telefone bekam – zuweilen hörte er lange nichts von ihr. Aber es begann eine Zeit, in der sie plötzlich an der Ecke zum Gemeindehaus warten konnte, um ihn abzupassen, und da er Szenen auf offener Straße vermeiden wollte, musste er sich dann auf die unsinnigsten Gespräche einlassen. Es dauerte eine Weile, bis er in vollem Umfang begriff, dass er in eine Welt geraten war, in der alles, was er je über Kommunikation gelernt hatte, aufgehoben war. Was er auch sagte und tat, wo er auch hinging oder fernblieb – es war ein Signal an sie, die sich auserwählt wusste von ihm. Er begann zu verstehen, dass er die Kontrolle über sein Privatleben zu verlieren drohte. Er fühlte sich heruntergestuft zum Objekt einer stets präsenten, übergriffigen Begierde. «Wie eine Fliege im Spinnennetz», so hatte eins der Stalkingopfer seine Lage in dem Artikel bezeichnet. Genauso fühlte er sich: wie eine Fliege im Spinnennetz. Mit der Zeit getraute er sich kaum mehr in sein Büro. Selbst in der Synagoge empfand er Ängste, hatte Schweißausbrüche und fühlte sich zwei- oder dreimal außerstande, die Predigt zu halten, der bloßen Vorstellung wegen, Carmen sitze irgendwo oben und beziehe jedes Wort der Predigt, vielleicht sogar jede Bewegung, die er machte, auf sich. Mindestens einmal davon war sie gar nicht da – sie hatte schon in Abwesenheit Besitz von ihm ergriffen. Er schlief schlecht, konnte kaum mehr arbeiten.

Irgendwann wurde eine neue Schwelle überschritten. Eines Tages kam ein Anruf von Carmen an Rivka, in dem sie sie unverblümt aufforderte, ihren Mann endlich loszulassen. Ihre Geduld sei demnächst am Ende. Carmens Stimme habe drohend, zugleich abgedreht geklungen, hatte Rivka gesagt. Sie, deren Blick auf die Welt meist abgeklärt und distanziert blieb, geriet in helle Aufregung und Angst.

Sie rief eine Psychologin aus der Gemeinde an, die mit Carmen bekannt war. Ja, Carmen könne schwierig sein, meinte die Psychologin.

«Schwierig? Schwierig nennst du das?»

Es gelte zu deeskalieren, meinte die Psychologin.

«Deeskalieren?», hatte Klein Rivka durch das Zimmer schreien gehört. «Was bitte soll ich deeskalieren? Ich habe der Frau in meinem Leben kein böses Wort gesagt.» Sie hatte grußlos aufgelegt. «Psychologen!», hörte Klein sie schnauben. Damit war das Verdikt seiner Frau gesprochen.

Danach warf sie Klein erneut vor, dass er Carmen nicht längst aus der Jugendkommission habe werfen lassen. Doch Klein fürchtete sich vor einer offenen Konfrontation mit Carmen – nach ihrem Anruf an Rivka noch mehr als zuvor. Deshalb rief er beim Präsidenten der Jugendkommission an und erklärte, er trete vorübergehend aus der Kommission aus. Ex officio oder nicht – er müsse auf seine Gesundheit achten. Gründe nannte er nicht. Nur nicht «die Wahnsinnige», wie Rivka sie nur noch nannte, durch das Provozieren eines Rauswurfs reizen. Lieber selber gehen.

Und es schien, als hätte er mit seiner defensiven Strategie Erfolg gehabt: Das Vermeiden aller Angriffe auf Carmen und jedes persönlichen Kontakts mit ihr zeitigte nach und nach die erwünschte Wirkung. Fortan blieb die Belästigung aus. Wenn sie sich an Empfängen oder Veranstaltungen der Gemeinde über den Weg liefen, ignorierte sie ihn. Und bald trat er auch wieder aus dem Gemeindezentrum ohne Angst davor, dass sie ihm auflauere.

«Deeskalation war vielleicht doch die richtige Strategie», meinte er einige Monate später selbstzufrieden zu seiner Frau.

«Ich weiß nicht», wiegte Rivka den Kopf. «Ich halte diese Wahnsinnige für eine tickende Bombe.»

Und nun, nach mehr als anderthalb Jahren, war die Bombe offenbar losgegangen, in ganz unerwarteter Richtung.

Charly wirkte vollkommen verstört. Er war spätabends angerufen worden. Die Polizei hatte aufgrund von Papieren, die sich in Carmens Tasche befunden hatten und bei dem Unglück herumgewirbelt worden waren, ihre Identität festgestellt und bei ihr zu Hause angerufen, wo Nathan ratlos versuchte, seine Mutter zu erreichen. Sie hatten Nathan zu Charly gebracht. Dessen bange Frage, ob er Carmen identifizieren müsse, hatte die zuständige Polizistin mit kurzem Nicken bejaht. Er hatte Nathan in der Obhut der Psychologin gelassen und war mit der Polizei auf die Wache gefahren, tief hinunter in das Kellergeschoss, wo die zur Obduktion bestimmten Leichen lagen. «Ich hatte zum ersten Mal in meinem Leben das Gefühl, die Hölle existiert schon hier auf Erden, mitten in der Stadt unter der Polizeiwache am Limmatquai, und ein paar Meter weiter oben hast du gelangweilte Autofahrer, gestresste Geschäftsleute, verliebte Pärchen, die nichts ahnen von dem, was sich darunter befindet.»

Charly verstummte. Tränen schossen ihm in die Augen. «Du weißt», stieß er schließlich hervor, «ich habe Carmen wirklich nicht mehr geliebt, aber sie so zu sehen...» Weiter kam er nicht.

Nach einer Weile öffnete sich die Tür, hinter der Klein mehrmals Nathans gebrochene Stimme und den ruhigen Ton einer Frau, offenbar der Psychologin, gehört hatte. Nathan kam schlurfend heraus, der fünfzehnjährige Junge hatte aufgequollene, schwarz geränderte Augen.

«Nathan», sagte Klein und erhob sich. «Nathan, es...»

Doch Nathan schaute ihn nicht an und verschwand auf der Toilette.

Klein wusste nicht genau, was Nathan von ihm hielt. Zuweilen hatte er vermutet, dass seine Mutter ihm ebenfalls erzählt hatte, dass sie und der Rabbiner eine versteckte Leidenschaft füreinander empfänden und dass der Rabbiner zu feige sei, um dazu zu stehen. Er hatte nie klare Anhaltspunkte dafür gehabt, aber manchmal eine distanzierte Haltung von Nathan ihm gegenüber festzustellen vermeint. Wenn Nathans Mutter ihm das erzählt hatte und wenn er ihr glaubte, hatte er auch Charly davon erzählt? Und glaubte er nun womöglich sogar, seine Mutter könnte sich wegen des feigen Rabbiners und ihrer unerfüllten Liebe vor den Zug geworfen haben? Klein lief ein Schauder über den Rücken, für einen Moment lang war ihm übel.

Charly hatte sich wieder etwas gefangen. Als Nathan teilnahmslos wieder zurück in sein Zimmer schlurfte und die Tür schloss, fragte Charly: «Wie ist es eigentlich mit dem Schiwa-Sitzen? Muss Nathan das ganz alleine tun? Kann ich nicht mit ihm sitzen?»

Carmen hatte als nächste Angehörige sonst nur noch eine alte, geistig ziemlich verwirrte Mutter und eine schwerbehinderte Schwester. Beide wohnten in Heimen am Genfersee. Es war schon undenkbar, ihnen mitzuteilen, dass Carmen gestorben war, geschweige denn, irgendwelche religiösen Folgerungen zu erwarten.

«Für deine Ex-Frau kannst du nicht Schiwa sitzen», sagte Klein. «Aber du kannst natürlich die ganze Zeit bei Nathan bleiben. Ich denke, das würdest du sowieso tun wollen.»

Charly nickte. «Der Arme. Und eines Tages wird er dann ganz alleine für mich Schiwa sitzen», fügte er an. «Als ob er das müsste.»

Klein sah ihn unsicher an. Und obwohl der Moment vielleicht ungeeignet war, fühlte er sich durch Charlys Bemerkung herausgefordert; sie konnte ja nur bedeuten, dass Charly damit haderte, nicht Nathans leiblicher Vater zu sein.

«Du hättest diesen DNA-Test damals nicht machen sollen», sagte er leise.

Charly schien über diese Bemerkung weder sonderlich schockiert noch erbost.

«Ich glaubte, es sei meine einzige Chance», sagte er.

«Deine einzige Chance? Wozu?»

Charly schaute Klein nun doch überrascht an. «Carmen

hatte doch gedroht, mir das Sorgerecht zu entziehen. Weil Nathan nicht mein Sohn sei. Ich war aber sicher, dass das nicht stimmte, deshalb wollte ich das Gegenteil beweisen.»

«So hat sie mir das nicht erzählt», meinte Klein. «Bei ihr klang es so, als ob du dich der Vaterpflichten entledigen wolltest – was du ja nicht getan hast.»

Charly schaute in resigniertem Zorn vor sich hin. «So hat sie das also erzählt, was? Typisch Carmen. Dabei war alles, was ich wollte, Nathan nicht zu verlieren – er ist doch mein Sohn, egal, wer ihn gezeugt hat!»

Sie saßen eine Weile betreten schweigend in ihren Sesseln. Aus Nathans Zimmer war unterdrücktes Schluchzen zu hören. Wie um es zu übertönen, fragte Charly: «Und was gibt es bei dir Neues?»

Klein war von der banalen Frage überrumpelt. Aber vielleicht musste Charly jetzt einfach etwas anderes hören, was ihn zumindest für einige Augenblicke wegbrachte aus dem ganzen Kreis des Horrors, in dem er gefangen war.

Er überlegte sich kurz, was er Charly erzählen konnte. Am nächsten lag, was sie beide als Historiker verbinden konnte. «Ich bin gerade daran, einige interessante Briefe zu lesen, die ein Überlebender aus Theresienstadt an seine verstorbene Frau geschrieben hat.» Sogleich hätte er sich auf den Mund schlagen können – prompt sprach er wieder von einer verstorbenen Frau! Aber Charly neigte sich interessiert vor, so dass er nach einer kurzen Pause weiterfuhr. «Es war ein Arzt, ursprünglich Wiener, der noch vor Kriegsende in die Schweiz gelangte. Später war er an einem Spital im Berner Oberland. Hat wieder geheiratet, es guets Bärnermeitschi. Danach hat er auch mit diesen Briefen aufgehört. Er wollte, dass seine Kinder aus dieser zweiten Ehe aufrechte Schweizer werden, die unbelastet von dem ersten, jüdischen Leben ihres Vaters aufwachsen. Und nun hat seine älteste Tochter diese Briefe gefunden und weiß nicht, was damit zu tun ist. Prompt landen sie dann beim Rabbiner.»

«Interessant», meinte Charly, sichtlich erleichtert über diesen Gesprächsstoff. «Hast du denn die Tochter vorher gekannt?»

«Nein, das lief über jemanden in der Gemeinde.» Klein zögerte einen Moment, ob er sagen sollte, dass es Carmens letzter Arbeitgeber gewesen war. Schließlich fand er es aber unangebracht, hier in Geheimnistuerei zu verfallen. Charly verhielt sich offen und rational, so sollte er auch behandelt werden. «Wenn du es genau wissen willst: Es lief über Röbi Fuchs. Der kennt den Mann dieser Frau. Der ist offenbar eine große Nummer in der Wirtschaft, Finanzchef der Unterland-Versicherung oder so was. Rotarier wie Röbi, du verstehst. Scheurer heißt er. Und sie auch. Julia Scheurer, geborene Pollack.»

«Scheurer?» Charly zuckte mit den Schultern. «Sagt mir nichts. Naja, die hohen Chargen der Wirtschaft sind nicht so meine Welt.» Die Erwähnung von Röbi Fuchs schien ihn völlig kalt zu lassen.

Klein saß noch eine Weile bei Charly, der sich schließlich einen Kaffee machte und ihm auch einen anbot. Klein lehnte dankend ab – er hatte das Gefühl, es gehe Charly etwas besser, und wollte langsam gehen. Allerdings hatte er auch das Gefühl, sie hätten über die entscheidende Frage noch nicht gesprochen. Jetzt getraute er sich, sie anzusprechen. Als Charly mit seinem Kaffee aus der Küche zurückkam, fragte ihn Klein: «Entschuldige, wenn ich das so offen anspreche, aber es hat mich etwas irritiert, als du am Telefon gesagt hast, es gebe keine direkten Hinweise darauf, dass Carmen sich umgebracht hat. Das heißt wohl, man hat keinen Abschiedsbrief gefunden. Aber gibt es denn indirekte Hinweise?»

Charly sah einen Moment zu Boden, dann Klein in die Augen. «Nathan hat mir heute Nacht erzählt, dass sie vor wenigen Monaten bei Lerchenwald Frères entlassen wurde. Keine Ahnung, ob das eine Ursache sein könnte.»

«Entlassen? Wieso denn?»

«Das wusste Nathan nicht. Er meinte auch, sie habe dennoch in letzter Zeit keinen verzweifelten Eindruck gemacht, sondern eher einen zufriedenen. Aber natürlich weiß niemand, wie es in ihr aussah.»

Klein überlegte einen Moment. Er erinnerte sich an die Zugdurchsage gestern bei der Ankunft in Zürich. «Was war es denn für ein Zug, der Carmen überfahren hat, wenn du diese triviale Frage erlaubst. War es die S-Bahn?»

Charly blickte erstaunt auf. «Interessant, dass du das wissen willst. Die Kommissarin, die mich heute Nacht begleitet hat, meinte nämlich ebenfalls, es sei auffällig, dass Carmen vom Intercity Zürich-Luzern erfasst wurde, der nur ausnahmsweise dort durchfuhr, weil der Zimmerbergtunnel gesperrt war. Wenn sie auf die S-Bahn gewartet hat, dann wohl eher zum Einsteigen, als um sich vor den Zug zu werfen. Denn sie stand im vordersten Sektor des Perrons, dort, wo der Triebwagen normalerweise hält. Ungeeignet für einen Selbstmord, möchte man meinen. Wenn sie einen Selbstmord geplant hat, dann konnte sie jedenfalls nicht wissen, dass gerade zu dieser Zeit ein Zug vorbeibrausen würde. Sie müsste dann schon im Affekt vor den Intercity gesprungen sein.»

«Also wohl doch ein Unfall», meinte Klein. Er war selbst einmal, in Gedanken versunken, im Bahnhof von Luzern auf die Schienen gefallen, zum Glück gleich am Kopfende und ohne dass ein Zug kam.

Charly verzog das übernächtigte Gesicht zu einer hilflosen Grimasse.

«Und Zeugen gibt es keine? Kameras?»

«Die Kameras im Bahnhof sind wohl ausgefallen – Kälteschock. Und Zeugen scheinen sich bis jetzt nicht gemeldet zu haben. Obwohl man meinen sollte, an einem Mittwochnachmittag kurz vor fünf sei es dort nicht gerade leer.»

Klein beschloss, auf dem Heimweg von Charlys Wohnung trotz der Kälte kein Taxi zu bestellen, sondern das Tram zu nehmen. Er brauchte etwas frische Winterluft. Sie würden wegen der Beerdigung telefonieren, sobald die Leiche von der Polizei freigegeben war.

«Wenn irgendetwas ist, oder wenn du reden willst, ruf mich einfach an.»

Charly nickte und drückte Kleins Hand fest. «Danke, dass du gekommen bist», sagte er.

In seiner Linken hielt er die Kaffeetasse, an deren oberem Rand ein kleiner Splitter fehlte. Klein sah, dass mit etwas ungelenker Schrift darauf geschrieben stand: «I love Dad».

3

Liebe Elisabeth,
schon mehrmals ist ein junges Mädchen von vielleicht sechzehn Jahren, das mit seiner Mutter hier mit uns im Sanatorium wohnt, in den letzten Wochen unvermittelt gestürzt. Zum Glück hat sie sich nie ernsthaft verletzt, aber die Gleichgewichtsstörungen sind besorgniserregend.
Der zuständige Arzt hier in Davos, ein etwas grober Bündner, aber fachlich hervorragend, wie mir scheint, hat keine organischen Ursachen feststellen können. Gestern hat sich die verzweifelte Mutter an mich gewandt. Ich habe das Mädchen körperlich gar nicht untersucht, nur mit ihr gesprochen. Angstzustände, Neurosen – wie wir alle, aber eben mit dieser psychosomatischen Folge.
Ich habe es der Mutter versucht, so beizubringen: «Ja, wenn die ganze Welt aus dem Gleichgewicht geraten ist, soll ein Mädchen, das T. überlebt hat, vielleicht besser dran sein? Die Störungen scheinen mir eine seelische Ursache zu haben.»
Weißt Du, wie die Mutter reagiert hat? «Diese Wiener immer», hat sie gesagt. «Du schickst ihnen a kranken Menschen herein und heraus kommt a Meschuggener.»
Ich habe offenbar einen Ruf zu verteidigen.
In grenzenloser Liebe
Dein H.

Rivka musste inzwischen gelandet sein. Klein rief sie an, als er heimkam. Er hörte aus dem Schlafzimmer ihr Handy läuten. Sie hatte es liegenlassen. Einen Moment lang ärgerte er sich, dann kam er zum Schluss, dass das gar nicht so übel war. Einige Tage lang würde sie vollkommene Ruhe haben. Er beschloss, sie auch nicht mit der Geschichte von Carmen zu behelligen. Das hatte Zeit bis nach ihrer Rückkehr.

Über das Telefon ihrer Mutter erreichte er sie. Sie warteten gerade am Rollband auf das Gepäck. Ja, es hatte sowohl in Zürich wie in London jemand mit dem Rollstuhl auf ihren Vater gewartet. Alles bestens. «Aber es ist schon ein anderer Rhythmus mit Mama und Papa», sagte sie mit gesenkter Stimme. «Dauert alles doppelt so lang.» Wie es daheim gelaufen sei. Ob die Mädchen gut aufgestanden und zur Schule gegangen seien.

Klein zögerte einen Moment. «Ja, alles bestens, mein Schatz.»

«Oder doch nicht?», fragte sie misstrauisch

«Nein, wirklich. Alles gut. Wie geht es deinem Halsweh?»

«Etwas besser. Hast du daran gedacht, Rina die Flöte mitzugeben? Sie haben heute Probe für das Klassenstück.»

«Nein. Ich bringe sie ihr in die Schule, kein Problem.»

«Mein Koffer kommt. Ich küsse dich, ciao.»

«Ja, ich dich ...»

Sie hatte aufgelegt.

Klein dachte erst wieder an Rinas Flöte, als er in der anfahrenden Polybahn saß, auf dem Weg zum Universitätsspital. Er kriegte offenbar nicht einmal einen Tag als alleinerziehender Vater hin. Aber jetzt wieder heimfahren, das Ding holen und in die Efrat-Schule bringen, das kam nicht in Frage. Wahrscheinlich fand Rinas Probe ohnehin erst am Nachmittag statt. Er würde über Mittag genügend Zeit haben. Jetzt musste er seine Besuche machen. Auf der Liste, die seine Sekretärin Frau Wild ihm heute früh gemailt hatte, befand sich der Name von Röbi Fuchs nicht. Vielleicht war er noch nicht registriert, weil er erst seit kurzem von der Intensivstation verlegt worden war. Vielleicht wollte er auch keinen Besuch. Doch Foxi hatte Klein ja deutlich aufgefordert, den Vater zu besuchen.

Der Portier gab ihm Röbis Zimmernummer ohne weitere Umstände. Klein besuchte die Patienten auf der Gemeindeliste zuerst, hörte sich wie jede Woche Klagen über das Personal an, las Trostkarten und Liebeserklärungen von Enkeln und Urenkeln, erzählte auf Wunsch eines Patienten etwas über den aktuellen Wochenabschnitt der Torahlesung und witzelte mit denen, die es vertrugen oder nötig hatten. Dann ging er zu Röbi Fuchs' Zimmer im fünften Stock des Hauptgebäudes.

Röbi schien zu schlafen. Er lag in einem stickigen Einzelzimmer, Besuch war keiner da. Wie er es in solchen Fällen zu tun pflegte, setzte Klein sich auf einen Stuhl neben das Bett und wartete ein paar Minuten. Röbi war blass und etwas abgemagert. Der weiße Haarkranz stach weniger als sonst von der Farbe seines Gesichts ab, die Züge waren entspannt, aber nicht schlaff. Etwas gemildert, aber noch deutlich erkennbar drückte sein schlafendes Gesicht all das aus, was Röbis Charakter ausmachte. Die feste Entschlossenheit und das Machtbewusstsein in den Kieferknochen. Der Schalk um die Mundwinkel. Die Spuren der Empfindsamkeit in der Nasenpartie, die er im jetzigen Zustand nicht krampfhaft überspielen konnte. Röbi atmete ruhig, er lag auf dem Rücken, die Hände waren über dem Bauch gefaltet, die üblichen Schläuche gingen zu den Infusions- und Messgeräten.

Als Klein aufstehen und gehen wollte, schlug Röbi die Augen auf. Ein Lächeln streifte sein Gesicht, und er sagte leise, aber sehr klar: «Der Herr Rabbiner. Haben wir schon Freitag?» Kleins Wochenabläufe waren dem einstigen Gemeindepräsidenten immer noch gegenwärtig.

«Röbi», sagte Klein. «Was machst denn du für Sachen?»

Röbi schwieg und versuchte zu lächeln, es kam aber eine ziemlich verzweifelte Grimasse dabei heraus.

Klein bot ihm zu trinken an, in kleinen Schlucken sog Röbi am Strohhalm des Spitalbechers.

«Es ist übrigens tatsächlich erst Donnerstag», meinte Klein, während Röbi trank. «Ich mache meine Besuche heute einen Tag früher.»

Röbi signalisierte, dass er genug getrunken hatte, und Klein stellte das Glas zurück auf die Rollkommode neben dem Bett.

«Immerhin, das Zeitgefühl hab ich noch einigermaßen im Griff», sagte Röbi mit etwas festerer Stimme.

«Du stehst übrigens auch gar nicht auf meiner Patientenliste. Ich weiß nur durch Guy, dass du hier liegst.»

«Jaja, der Guy», brummelte Röbi. «Der Foxi.»

Klein schwieg etwas ratlos. Er hatte Röbi noch nie den Übernamen seines Sohns aussprechen hören. Es klang nicht liebevoll.

«Auf der Liste der kranken Juden muss ich nicht stehen», meinte Röbi schließlich, und sein Blick ging an Klein vorbei aus dem Fenster. «Es reicht schon, ein Leben lang ein gesunder Jude gewesen zu sein.»

Klein lächelte unsicher. Er schwieg einen Moment, bevor er Röbi genauer nach seinem Zustand und dem Hergang seines Infarkts befragte. Doch als er zu sprechen anheben wollte, klopfte es leise und Simone trat ein.

Ihre blonden Strähnen schienen exakt auf den Teint der solariumbraunen Haut abgestimmt. Klein schien, dass ihr Gesicht in letzter Zeit schmaler geworden war, die Züge markanter. Sie nickte Klein überrascht, aber freundlich zu und hängte ihren Mantel an den Haken. Irgendetwas an ihrem Auftritt löste in Klein eine diffuse, aber tief empfundene Befriedigung aus.

«Was für eine entsetzliche Kälte draußen», sagte sie.

Klein erwiderte ihren Blick und stand vom Sessel auf, um ihr den Platz zu überlassen.

«Bleib nur sitzen!», sagte Simone.

Sie trat ans Bett ihres Vaters, küsste ihn auf die Stirn, wandte sich dann aber Klein zu und begann unbefangen mit ihm zu plaudern. Wie es ihm gehe, wie Rivka und den Kindern, wann sie Dafna wieder mal bei sich haben dürften.

«Es würde Jenny guttun. Sie ist in einer etwas schwierigen Phase. Und Dafna ist so ein wundervolles, ausgeglichenes Mädchen.»

Klein wiegelte mit verhaltenem Vaterstolz ab. Zugleich dachte er über Simones Bemerkung nach. Er war der Renommiergelehrte, den ihr Vater den Rotarierfreunden empfahl. Und seine Tochter war der richtige Umgang, um Simones Tochter aufzuheitern.

«Das Unsympathische an vielen Zürchern ist», hatte Kleins Vater zuweilen gesagt, «dass sie menschliche Beziehungen immer ihrem Vorteil unterordnen. Das Sympathische ist, dass sie sich dabei nicht verstellen.»

Röbi lag etwas verloren im Bett, während seine Tochter Klein detailliert erzählte, wie er damals zusammengebrochen sei zu Hause, dass zum Glück Rosalie im Nebenraum das Poltern gehört habe und hereinkam, dass Rosalie, die vor fünfzig Jahren zur Krankenschwester ausgebildet worden war, ihm das Leben rettete, wie sie ihn ins Spital gebracht und operiert hätten, wie freundlich das Personal sei und wie zuvorkommend der zuständige Professor Küfer, der zwei Semester mit ihrem Mann studiert habe, bevor der sich auf Zahnmedizin spezialisierte. Klein war nie aufgefallen, dass Simone so gesprächig war. Hilflos und verstohlen schaute er auf die Uhr. Er musste noch ins Kinderspital und in die Altersheime.

Schließlich sagte Simone: «Du musst wohl weiter, was?»

«Ja, ich sollte wohl», sagte Klein.

«Nett, dass du hier warst.»

Klein berührte die Schulter von Röbi, der wieder in einen Dämmerzustand verfallen war. «Ciao, Röbi. Ich komme nächste Woche wieder. Gute Besserung.»

Röbi, zu erschöpft zum Sprechen, legte nur seine Hand auf Kleins Hand. Sie war trocken und warm. Wie früher, als sein kräftiger Händedruck ein Markenzeichen seines zupackenden Charakters gewesen war.

Als er den Mantel anzog, flüsterte Klein Simone zu, er wolle ihr draußen noch etwas sagen. Sie folgte ihm zur Tür. Als er öffnete, hörte er Röbi hinter sich plötzlich rufen: «Ihr beide habt wohl Geheimnisse vor mir, was?»

«Immer schon», sagte Klein. Simone kicherte.

Sie verließen das stickige Krankenzimmer und traten in den Korridor.

«Wie findest du ihn?», fragte Simone.

«Ich habe ihn in einem schlechteren Zustand erwartet», log Klein.

Simone zuckte mit den Schultern. Unvermittelt schienen ihr die Tränen in die Augen zu treten. Sie holte ein Papiertaschentuch hervor und schneuzte sich. «Entschuldigung, es ist alles etwas viel.»

«Aber nicht doch», sagte Klein. «Kann ich gut verstehen.»

«Was wolltest du mir denn sagen?», fragte sie rasch, um Fassung bemüht.

Klein zögerte. «Ich weiß gar nicht, ob das jetzt der Moment ist.»

Sie winkte ab. «Nur zu, ich bin nicht so schwach, wie ich aussehe.»

«Gestern ist Carmen Singer gestorben.»

«Wie bitte?»

«Im Bahnhof Enge von einem Zug überfahren worden.»

Simone schaute ihn seltsam durchdringend an – mehr durchdringend als schockiert, wie ihm schien. «Das ist nicht dein Ernst.»

«Meinst du, ich mache einen Scherz? Ich wollte dir das nur sagen, bevor es allgemein bekannt wird, weil sie doch einige Zeit bei Lerchenwald Frères arbeitete.»

Simone schaute nun an ihm vorbei ausdruckslos zwei Pflegern nach, die fröhlich plaudernd an ihnen vorbeigingen. «Ja, aber zuletzt nicht mehr.»

«Ich weiß, ihr wurde gekündigt. Wieso eigentlich?»

«So genau ist mir das nicht bekannt. Ich bin ja selbst nicht in der Firma. Ich weiß das alles immer nur vom Hörensagen.»

«Und was hörte man sagen?»

«Keine Ahnung. Sie wollte sich neu orientieren, was weiß ich. Weg aus der Finanzbranche.»

«Hätte sie dann nicht von selbst gekündigt?»

Simone wirkte ungehalten. «Vielleicht haben sie das wegen der Arbeitslosenversicherung so geregelt. Wieso ist denn das so wichtig?»

«Simone, es könnte immerhin sein, dass sie sich umgebracht hat. Auch wenn es derzeit mehr nach einem Unfall aussieht – sicher ist das nicht. Da will man schon mehr über die Hintergründe wissen.»

Ihr Blick wurde abschätzig. «Und nun willst du ihren Tod der Lerchenwald Frères in die Schuhe schieben? Geht's dir noch gut?»

«Das habe ich doch gar nicht gesagt …»

«Du sollst ihr ja übrigens auch mal näher gestanden haben, der guten Carmen, wie man hört», unterbrach sie ihn schnippisch.

Klein hatte es immer vermutet – aber zum ersten Mal sagte ihm jemand offen, dass das gemunkelt wurde.

«Wenn du's genau wissen willst: Sie hat mich zur Zeit ihrer Trennung über Monate gestalkt. Es war die Hölle.»

«Wie auch immer, mein Lieber. Jedenfalls würde ich an deiner Stelle sehr vorsichtig sein mit irgendwelchen Thesen, die du über ihren Tod verbreitest. Wiedersehen.»

Sie drehte sich um und verschwand im Krankenzimmer ihres Vaters.

Klein absolvierte seine restlichen Besuche so rasch wie möglich. Er war in miserabler Laune und musste sich Mühe geben, den Kranken und Alten die Geduld und Herzlichkeit entgegenzubringen, die sie brauchten und verdienten.

Auch als er schließlich bei der alten, dementen Frau Tannenbaum saß, bei der jedes Geheimnis sicher aufgehoben war und der er oft sein Herz ausschüttete, fand er keine rechten Worte.

«Gibt es auch diese Tage, wo Sie einfach nur abschalten möchten, Frau Tannenbaum? Einfach auf alle und alles pfeifen?» Er meinte, ein leichtes Lächeln ihren Mund streifen zu sehen, während sie in entrückte Fernen an ihm vorbeischaute. Einbildung.

Am Nachmittag hatte er einen Termin mit David Bohnenblust, der ihm seine Schabbatpredigt vortragen sollte. David, zwanzig Jahre alt, hochbegabt und an einem leichten Tourettesyndrom leidend, war tatsächlich dem Ruf seiner Eltern gefolgt und war von einer Jeschiwa in Israel nach Zürich zurückgekehrt, um bei Klein ein Rabbinatspraktikum zu machen. Fürs Erste. Klein wusste, dass sie ganz andere Pläne mit ihm hatten als eine religiöse Karriere. Zudem hatte er nicht das Gefühl, dass Zürich David guttat. Er wohnte wieder bei den Eltern, wirkte nervös und litt offenbar auch wieder stärker an seinen Zuckungen. Als Klein ihn in Israel getroffen hatte, war er zwar erstaunt gewesen über seinen charedischen Aufzug mit Bart, Hut und sonstigem Zubehör. Hier hatte David den Bart zwar behalten, trug aber statt des weißen Hemds zum dunklen Anzug bunte Hemden, Jeans und ein gehäkeltes Käppchen, wie es die modernen Orthodoxen taten. Er begleitete Klein bei seinen verschiedenen Aufgaben, und zweimal pro Woche lernten sie zusammen im Talmud. Schnell war Klein klar, dass David nach nur einem Jahr Jeschiwa ihm darin mindestens ebenbürtig war und sich manchmal zurückhielt, wenn der Rabbiner über einer schwierigen Stelle brütete, die er selbst längst begriffen hatte. Er war eben ein Gelehrter, man konnte ihn in die Jeschiwa schicken oder auf die Technische Hochschule, er würde immer brillant sein. Aber ein zukünftiger Rabbiner?

Die Probepredigt, die er in Kleins Büro hielt, erfüllte dessen schlimmste Erwartungen. David brabbelte stockend und zuckend einen Text herunter, der voller talmudischer Kasuistik war und den die Besucher der Synagoge in der Zürcher Cultusgemeinde niemals verstehen würden. Da der Wochenabschnitt den Anfang des Buches Exodus behandelte, in dem von der Versklavung Israels in Ägypten und der Geburt und Berufung des Moses die Rede war, hatte David sich mit dem Thema von Freiheit und Sklaverei beschäftigt. Das sei ein gutes Thema, unterbrach ihn Klein nach ein paar Minuten, aber auf diese Weise könne er das nicht bringen.

«Du bist nicht mehr auf der Jeschiwa. Du kennst doch die Gemeinde. Stell dir deine Eltern in der Synagoge vor – für die muss es passen.» Davids Vater, der nicht jüdisch war, kam öfter in die Synagoge als seine jüdische Frau. Doch diesen Schabbat, da war sich Klein sicher, würden sie garantiert beide nervös in ihren Sitzen hin und her rutschen, der Vater unten bei den Herren, die Mutter oben auf der Damengalerie, wenn ihr Sohn ans Rednerpult treten würde.

Sie schrieben die Predigt zusammen neu. Es war für Klein sehr viel mühsamer und zeitaufwendiger, als es allein zu tun, aber so war es wohl, wenn man Praktikanten ausbildete. Um fünf, sie waren etwa in der Hälfte, läutete sein Telefon.

«Papi, der Zwimpfer hat mich aus dem Orchester für das Schulfest geschmissen. Weil ich ohne Flöte gekommen bin.»

Die Flöte! Klein schlug sich an die Stirn. «Rina, mein

Liebes, das darf er doch nicht. So was kann doch einmal passieren.»

«Nein, die haben heute die wichtigsten Stellen geübt. Wenn man da nicht dabei war, ist man draußen.»

«Naja, vielleicht lässt sich etwas machen. Ich werde mit Herrn Zwimpfer sprechen.»

«Vergiss es. Ich habe mit Mami telefoniert. Sie hat gesagt, du hättest ihr versprochen, mir die Flöte zu bringen.»

«Es tut mir leid. Ich hatte großen Stress heute.»

«Und wann kommst du heim?»

«Ja, es dauert noch etwas. Ich bin noch mit David am Arbeiten.»

«Ich habe Hunger.»

«Iss ein Brötchen oder einen Teller Cornflakes.»

«Und wann gibt es Abendessen?»

Das Bürotelefon läutete.

«Rina, ich muss Schluss machen. Bis später, ja?»

«Ich mag diese Cornflakes nicht, die im Schrank stehen. Du weißt doch, dass ich Zimtgeschmack ...»

«Wer Hunger hat, isst alles. Sogar Cornflakes mit Zimtgeschmack», rief Klein ungehalten in sein Handy und drückte Rina weg. Erst im Moment, als er es tat, erschrak er über seine Ruppigkeit.

Auf der internen Linie hatte Frau Wild zu berichten, dass Charly Singer angerufen habe. Die Polizei habe Carmens Leiche zur Bestattung freigegeben. «Wir müssen einen Termin für die Beerdigung festsetzen. Herr Singer schlägt morgen um elf Uhr vor.»

Klein überlegte kurz. «Ein Uhr wäre besser.»

«Aber es ist doch ein kurzer Freitag. Schabbat beginnt noch vor fünf Uhr.»

«Trotzdem, vorher geht es mir nicht. Bitte informieren Sie Herrn Singer und leiten Sie alles Weitere ein.»

Am Freitagnachmittag hielt man, im Gegensatz zum Vormittag, wegen des nahenden Schabbat keine Grabreden mehr. Klein zweifelte daran, dass Charly Singer dieser entscheidende Unterschied zwischen elf und ein Uhr bewusst war. Aber er war überzeugt, diese Verschiebung um zwei Stunden, um die Grabrede zu sparen, war ganz in Charlys Sinn. Und, so musste er zugeben, auch in seinem eigenen. Eine anständige Totenrede für Carmen Singer zu halten, hätte ihm zu viel Überwindung und Verdrängung abgefordert.

Der Rest dieses Abends war zum Vergessen. Klein hatte das Abendgebet in der Synagoge ausfallen lassen und war um sechs Uhr nach Hause gegangen. Er hatte David den Rest seiner Predigt am Ende ungeduldig in den Computer diktiert und ihn aufgefordert, vor dem Spiegel zu üben. Dafna war noch nicht zu Hause, und während des Essens hatte er einen Streit mit Rina, die nochmals anfing, sich wegen ihres Rauswurfs aus dem Schulfest-Orchester zu beklagen.

«Und warum, in Gottes Namen, kannst du nicht selbst an deine Flöte denken? Glaubst du, dein ganzes Leben lang werden dir Mami und Papi alles hinterhertragen?»

Rina begann zu weinen. «Ich hätte die Flöte ja nicht vergessen, wenn du nicht plötzlich heute Morgen weggerannt wärst und Dafna und mich allein gelassen hättest. Da kam ich in Stress. Und Mami hat gesagt, sie hat dir am ...»

Klein hätte Rina gern in den Arm genommen. Aber er fand, er erfülle pädagogisch gerade eine wichtige Mission. Deshalb unterbrach er sie unwirsch und wies noch einmal belehrend darauf hin, dass das alles kein Grund sei, seine

Sachen liegenzulassen. Man müsse sie halt abends bereitlegen. Er könne schließlich auch nicht seine Sachen, auch wenn er Stress hätte – und so weiter.

Gerade da musste dann auch Rivka aus London anrufen, und Rina erzählte ihr weinend, der Papi würde sie nun auch noch ausschimpfen wegen der Flöte. Er ging selber ran und hörte sich die erwartete Litanei an: «Wenn ich *ein* Mal weg bin …» Er ließ den Schwall über sich ergehen und insistierte dann, man müsse die Kinder erziehen. Ihnen nicht alles hinterhertragen. Das habe jetzt gar nichts geschadet, dass er das mal vergessen habe. Anders würde Rina niemals …

«Ja, natürlich, du hast wie immer vollkommen recht», sagte Rivka kühl und legte auf.

Kurz darauf kam Dafna heim, die noch mit einer Freundin gelernt hatte. «Hast du gehört?», rief sie noch unter der Haustür, «Carmen Singer ist vom Zug überfahren worden!»

«Ja», sagte Klein. «Von wo weißt du es?»

«Ich habe eine Nachricht gekriegt, da stand ungefähr: ‹Meine Mutter ist tot. Ein Zug hat sie überfahren. Bin völlig fertig. Nathan.› Ich hab ihn gleich angerufen, er konnte kaum sprechen.»

«Hat er denn etwas darüber gesagt, wie es passiert ist?»

«Er meint wohl, ein Unfall. Im Bahnhof Enge. Ausgerutscht oder vom Fahrtwind des Zuges erfasst oder so was. Aber er wusste es auch nicht.»

Klein seufzte. «Jedenfalls ist es gut, wenn ihr euch jetzt ein bisschen um ihn kümmert.»

«Ja, vor allem, wenn seine Freundin selbst krank ist.»

«Nathan hat eine Freundin?»

«Der ist schon seit einiger Zeit mit der Jenny zusammen.»

«Jenny Lubinski? Simones Tochter?» Klein war aufrichtig überrascht.

«Ich begreif's ja nicht, aber die scheint echt in den verknallt zu sein. Ihre ganze Facebook-Seite ist voll mit Nathan hier, Nathan dort. Allerdings in letzter Zeit weniger. Und jetzt, wo er sie wirklich bräuchte, liegt sie im Bett und ist so krank, dass sie nicht mal ans Telefon kann.»

Klein nahm zwei geröstete Brotscheiben aus dem Toaster. «Jennys Mutter würde sich freuen, wenn du dich mehr mit ihr treffen würdest. Hat sie mir heute gesagt.»

Dafna seufzte. «Jennys Mutter», sagte sie. «Ein Kontrollfreak.»

«Wie meinst du das?»

Dafna hatte sich, wie es das jüdische Ritual vor dem Brotgenuss vorsah, die Hände gewaschen und den Segensspruch über die Waschung gesagt. Zwischen diesem Segensspruch und dem Hineinbeißen ins Brot war es verboten zu sprechen, und Dafna winkte ab. Sie bestrich, offenbar froh um die Redepause, ausführlich ihre Toastscheibe mit Butter, sagte dann den Segen über das Brot und biss herzhaft hinein.

«Wie meinst du das mit dem Kontrollfreak?», fragte Klein nochmals.

«Einfach so. Nicht wichtig. Vergiss es.»

Klein wusste, dass es nichts brachte nachzubohren. «Ich mach dir Spiegeleier drüber», sagte Klein und deutete auf den Toast. «Und bitte erzähl der Mami nichts von der ganzen Sache mit Carmen, wenn du mit ihr sprichst. Ich will nicht, dass sie das so aus der Ferne am Telefon hört. Sie soll jetzt den Aufenthalt in London genießen.» Und auch wegen dieser blöden Flöte nicht so einen Aufstand machen, fügte er im Geiste hinzu.

Die Aussicht auf das Abendessen schien seine Tochter mit neuer Lebensfreude zu füllen. «Toast mit Spiegelei – genau das Richtige. Danke, Papi.» Sie drückte ihm unterwartet einen Kuss auf die Wange. «Und wegen Mami – keine Sorge, ich sage nichts.»

Wenigstens einer, der zu ihm hielt.

Schließlich, gegen neun Uhr, rief er noch Herrn Zwimpfer an, den Musiklehrer der Efrat-Schule. Zwimpfer, einer der nichtjüdischen Lehrer in der Efrat-Schule, gab sich in seinen farbigen Gilets und mit langen, sorgfältig verstrubbelten Haaren gern als Bohemien gegenüber den eher bürgerlichen jüdischen Eltern seiner Schüler. Zugleich hatte Klein ihn schon ziemlich übel schimpfen hören, dass diese Eltern wohl glaubten, sie könnten sich alles herausnehmen. Er mochte ihn nicht besonders.

Es wunderte Klein nicht, dass Zwimpfer ablehnend auf seine Bitte reagierte, Rina trotz der versäumten Generalprobe noch ins Orchester aufzunehmen.

«Es war mein Fehler, dass sie die Flöte nicht dabeihatte. Es wäre ungerecht, sie nun die Zeche zahlen zu lassen», erklärte Klein.

«Das tut mir leid für Rina, aber ich habe den Kindern eingeschärft, sie müssten die Instrumente heute dabeihaben.»

«Ihre Mutter ist heute verreist. Deshalb ist alles etwas durcheinandergeraten. Auch ich. Aber ich werde dafür sorgen, dass sie das Versäumte allein nachholt.»

«Ich glaube Ihnen ja gerne, dass Sie sich einsetzen würden. Aber es ist nun mal so, dass Rina schon vor zwei Wochen die Probe verpasst hat, weil sie krank war, dann heute die Schlussprobe. Da ist sie wirklich kaum mehr ins Orchesterganze zu integrieren. Es tut mir leid.»

Klein begann es langsam zu bunt zu werden. Wen meinte denn dieser Mensch da zu dirigieren? Die Berliner Philharmoniker?

«Schade. Ich hatte auf Sie gezählt.»

«Ein andermal», sagte Zwimpfer in, wie Klein schien, reichlich herablassender Güte. «Es wird andere Konzerte geben. Sagen Sie ihr das. Und wenn Sie dann immer schön regelmäßig zu den Proben kommt …»

«Ich fürchte, es wird für Rina keine anderen Konzerte geben, Herr Zwimpfer.»

«Wieso? Wie meinen Sie das?»

«Es wird keine anderen Konzerte geben, wenn ich die Flöte jetzt nicht aus dem Abfallsack hole, in den sie ihn geschmissen hat.»

«Abfallsack?»

«Es scheint mir, dass Sie meine Tochter nicht kennen. Sie war heute Abend so wütend und enttäuscht, dass sie die Flöte weggeschmissen hat – eine ziemlich teure Flöte, notabene. Sie hat gesagt, dass sie dieses Instrument nie mehr sehen will.»

Zwimpfer schien nun doch betroffen, fast schon erschüttert. «Um Gottes willen, holen Sie doch die Flöte aus dem Abfall», rief er mit versagender Stimme, als gälte es ein Leben.

«Schauen Sie, Rina ist ein eigensinniger Mensch. Wenn sie die Flöte entdeckt, wird sie sie anderswo entsorgen. Sie lässt da nicht mit sich reden. Für die Musik dürfte sie wohl verloren sein. Dabei hat es ihr wirklich Spaß gemacht. Und sie wird wohl noch ihren Kindern erzählen …»

«Moment», rief Herr Zwimpfer aufgeregt und besänftigend ins Telefon. «Vielleicht lässt sich ja noch was machen. Kann sie morgen nach der Schule bei mir vorspielen? Einzeln, meine ich.»

«Naja, es ist Freitag ...»

«Zwanzig Minuten werden reichen, wenn sie ihren Part beherrscht.»

«Ich dachte, ohne Orchester ...»

«Wir machen eine Ausnahme. Offenbar war ja dadurch, dass ihre Mutter verreist war und so weiter, also kurzum, richten Sie ihr aus, sie soll morgen nach der Schule beim Lehrerzimmer anklopfen.»

«Das werde ich tun.»

«Und nun holen Sie um Himmels willen die Flöte aus dem Müll.»

Nach dem Anruf schlich Klein in Rinas Zimmer. Sie schlief tief, und er fuhr ihr mit den Fingern über Haar und Wangen. Danach nahm er die Flöte, die unberührt in ihrem Futteral auf den Schreibtisch gelegen hatte, und steckte sie in die Schultasche.

«Mit uns nicht, was?», lächelte er und küsste sie sanft auf den Kopf.

4

Liebe Elisabeth,

heute haben wir einen jungen Mann begraben. Moschik Gertner. Woran er gestorben ist, kann selbst ein Arzt schwer beantworten. War es am Ende die Krankheit, die er aus T. mitgebracht hat, war es physische oder psychische Erschöpfung, da er wusste, dass er der letzte Überlebende seiner ganzen Familie war?

Gestern verstarb Moschik, und heute ist Kupfer angereist, um das Begräbnis hier auf dem kleinen jüdischen Friedhof von Davos zu leiten – es war das erste Mal, dass ich diesen Friedhof überhaupt betreten habe. Der Rabbiner hat einige von uns gefragt, ob jemand etwas über Moschik wüsste, um eine Totenrede zu schreiben. Da keiner ihn länger als seit dem Transport hierher kannte, haben wir das wenige zusammengesammelt, was er über sich erzählt hat, und das, was wir selbst über ihn sagen konnten. Das war nicht viel, er war schweigsam und zurückgezogen.

Dann, heute Nachmittag, standen wir da, Kupfer sprach einige Gebete, der Sarg wurde in die Grube gelassen, zugeschüttet, es folgte der Kaddisch, den ebenfalls Kupfer sprach, und wir gingen langsam wieder zurück ins Sanatorium. Erst auf dem Rückweg, als ich mich plötzlich so klein fühlte beim Blick auf die Berge rundum, wurde es mir klar: Nach all den Menschen, die ich habe sterben sehen, nach allen, von denen ich weiß, dass sie Züge in den namenlosen Tod bestiegen haben, nach Deinem Tod, nach all den hastig und massenhaft Verbrannten ist hier wieder ein Mensch gestorben, für den man sich versammelt hat,

dem man eine Totenrede gehalten hat, der einen Grabstein bekommen wird.
Gewiss, er war jung, er hatte eine Zukunft, vielleicht hätte er eine Frau haben können, Kinder, ein erfülltes Leben. Aber immerhin hat er ein eigenes Grab mit seinem Namen darauf, und wenn in Jahren und Jahrzehnten jemand über diesen Friedhof geht, wird er lesen «Moschik Gertner 1922–1945» und die fünf hebräischen Buchstaben, die wir in jeden Grabstein meißeln.
Das zu denken, hat mich beinahe heiter gemacht. Ich hoffe, Du verstehst das.
In grenzenloser Liebe
Dein H.

Über Nacht war der Föhn da. Er war zwischen Mitternacht und vier Uhr früh übers Land gekommen, hatte in den Straßen an Fensterläden gerüttelt und Fahrräder umgeschmissen. Als Klein um sechs Uhr die Morgennachrichten hörte, wurden nicht nur Temperaturanstiege von über zwanzig Grad gemeldet und eine vorläufige Schadensbilanz aus den Sturmgebieten erstellt, es folgte auch ein Interview mit einem Klima-Experten, der die besorgte Frage beantworten sollte, warum der Föhn in diesem Jahr rund zwei Monate eher einsetzte als früher. Das konnte der arme Mann zwar nicht, aber immerhin hatte man sich wieder von kompetenter Seite versichern lassen, dass die Welt aus den Fugen war.

Der Traum von der Seegfrörni war ebenfalls gestorben. Wer die Wetterprognosen aufmerksam verfolgte, hatte es kommen sehen, doch den Medien war die aufgeregte Erwartung wichtiger gewesen als der sachliche meteorologische Bericht. Immerhin sprang Kleins Auto tatsächlich wieder an. Er würde damit auf Carmens Beerdigung heute Nachmittag fahren können.

Doch zunächst ließ er das Auto stehen und ging zu Fuß in die Stadt. Auch wenn Rivka fast alles vorgekocht und eingefroren hatte, musste Klein am Freitagmorgen noch einige Dinge besorgen: Challot, frischen Salat und Obst, und vielleicht ein kleines Geschenk für die Mädchen. Nach dem Gang ins Koschergeschäft nahm er das Tram zum St. Annahof an der Bahnhofstrasse, um ein paar exotische Früchte zu kaufen und für jede Tochter ein kleines Schabbat-Geschenk. Unschlüssig ging er, mit den Plastiktaschen aus dem Koschergeschäft in den Händen, durch die Uraniastrasse und die benachbarten Gassen, zwischen den großen Warenhäusern hindurch. Er überlegte sich, was für Geschenke er den Mädchen kaufen konnte – aus dem Bedürfnis zu der kleinen Geste schien plötzlich eine riesige, fast unlösbare Aufgabe geworden zu sein. Und zugleich hatte er das Gefühl, als suche er hier noch etwas ganz anderes als nach Ideen für seine Kinder, etwas, das er in den Warenhäusern gar nicht finden konnte, sondern nur auf den Straßen selbst. Aber was genau er suchte, wusste er nicht. Als er fast zwanzig Minuten so herumgeirrt war, fasste er sich ein Herz und beschloss, etwas im Buchgeschäft in der St.-Anna-Gasse zu besorgen. Als er in die Gasse bog, sah er aus dem Geschäft eine Frau mit kurzen, dichten und strubbeligen schwarzen Haaren kommen, und als er sie nach einer Sekunde erkannte, wurde ihm klar, dass er genau diese Person eigentlich hatte finden wollen bei seinem ziellosen Wandern hier im Quartier, wenige Meter von der Polizeiwache entfernt. Einen Moment zögerte er noch, bevor er sie ansprach, als sie ihm nun, den Blick auf ihr Handy gerichtet, entgegenkam. «Guten Morgen, Frau Bänziger.»

Sie blickte erstaunt auf, ein Lächeln kam in ihr Gesicht. «Guten Morgen, Herr Rabbiner.»

«Noch etwas Wochenendlektüre besorgt?», versuchte er ins Gespräch zu kommen.

«Eigentlich wollte ich etwas Lesbares für meinen Neffen Marco finden. Ich habe Ihnen vielleicht von ihm erzählt.»

Klein nickte. Der Sohn von Frau Bänzigers alleinerziehender und überforderter Schwester verbrachte viel Zeit bei seiner Tante. Obwohl sie nie Kinder gewollt hatte, war sie eine Art Ersatzmutter für ihn geworden.

«Naja, die Kinder heute hocken fast nur noch vor dem Bildschirm, und Marco tut das nicht gut. Da habe ich gedacht, ein paar gute Kinderbücher verführen ihn vielleicht mal wieder zum Lesen. Vielleicht verlorene Liebesmühe, wir werden sehen. Und Sie? Auch auf dem Weg zu den Büchern?»

«Ja», sagte Klein, «auch für die Kinder. Ich möchte die Mädchen darüber hinwegtrösten, dass sie gestern nicht mit der Mama nach London an eine Barmizwa fahren durften.»

«Das ist ein netter Papa.»

«Naja, kann man sehen, wie man will. Der nette Papa hat es gar nicht so leicht, an alles zu denken, was die Kinder täglich brauchen. Aber Montag ist der Notstand dann auch wieder zu Ende – die Mama kommt heim.»

«Montag ist ja absehbar», meinte Frau Bänziger. «Also, ich wünsche Ihnen einen schönen Schabbat.»

«Danke», murmelte Klein, doch als sie sich abwandte,

gab er sich schließlich einen Ruck und sagte: «Übrigens, Frau Bänziger, da ich Sie gerade treffe: Sind Sie zufällig mit der Angelegenheit von Carmen Singer befasst? Dem Zugunglück, meine ich.»

Karin Bänziger hatte sich ihm wieder zugewandt, ihre Augen nun zu Schlitzen verengt. «Ja», sagte sie gedehnt, «wie kommen Sie darauf?»

«Ich habe gestern lange mit Herrn Singer gesprochen. Dem Ex-Mann, Sie wissen schon. Er sprach davon, dass sich eine Kommissarin bei ihm gemeldet habe. Ich dachte, vielleicht seien das Sie gewesen.»

«Nun, da haben Sie richtig gedacht.» Sie schien keine Lust zu haben, die Angelegenheit zu vertiefen.

«Schlimme Geschichte», sagte er.

Sie schaute ihn mit einer Mischung aus Langeweile und Neugier an. «Schlimme Geschichten sind mein Job, Herr Rabbiner. Das unterscheidet mich beispielsweise von jemandem, der als Clown an Kindergeburtstagen arbeitet.»

Sie schwieg einen Moment, ihr Gesichtsausdruck änderte sich. Offenbar fand sie ihre eigene Bemerkung unangemessen. «Sie war wohl ein Mitglied in Ihrer Gemeinde, schätze ich.»

«Ja, ich – ich habe sie auch sonst ganz gut gekannt.»

«Waren Sie miteinander befreundet?»

«Nicht direkt. Ich hatte halt dann und wann mit ihr zu tun.»

Darauf schwieg Frau Bänziger. Offensichtlich würde sie nichts weiter dazu erzählen.

«War es Selbstmord?», stieß er schließlich hervor, bevor sie sich verabschiedete. «Herr Singer hat mir Ihre These zum Intercity erzählt.»

«Welche These zum Intercity?»

«Dass sie unmöglich planen konnte, vor diesen Zug zu springen. Weil er nur zufällig vorbeifuhr.»

«Das sind alles Hypothesen. Man kann auch nicht davon ausgehen, dass Selbstmörder die Zugfahrpläne studieren, bevor sie zur Tat schreiten. Aber da die entscheidende Kamera zu dieser Zeit nicht lief, haben wir keinen klaren Befund.»

«Nur eine Kamera streikte? Herr Singer sagte, keine einzige habe funktioniert.»

«Na, dann hat Herr Singer wohl etwas falsch verstanden.»

Klein nickte versonnen, den Zeigefinger am Kinn. «Sonst wäre es wohl ein Unfall, nicht wahr? Gibt es denn keine Zeugen?»

Sie musste unweigerlich schmunzeln. «Sie ändern sich nicht, was, Herr Rabbiner? Immer die eine Frage zu viel. Und jetzt muss ich weiter. Alles Gute – und genießen Sie die Zeit mit Ihren Kindern!»

«Ich wollte Sie nicht ausfragen», rief Klein ihr leise und verlegen nach. Sie war aber schon weitergegangen.

Dreimal musste Nathan den Kaddisch am frischen Grab seiner Mutter beginnen, so sehr wurde er von einem Weinkrampf geschüttelt. Neben ihm stand Charly, der seinen Arm sachte um die Schultern seines Sohnes gelegt hatte. Betreten stand die Trauergemeinde, drei oder vier Dutzend Menschen, auf den Wegen, die den jüdischen Friedhof Oberer Friesenberg durchschnitten, zum Teil auf den schmalen Pfaden zwischen den Gräbern, sie schauten vor sich hin, geduldig und machtlos gegenüber diesem Kampf des Jungen mit seiner Trauer.

Klein stand einen Meter hinter Nathan, er hatte schon vor dem Zuschütten des Grabs, als zunächst er selbst und dann Nathan mit einer kleinen Schaufel je drei kleine Häufchen Erde aus dem Heiligen Land auf den Fichtensarg warfen, den Jungen besorgt beobachtet. Nathans Bewegungen wirkten seltsam eckig, roboterhaft – er schien für diesen Abschied seine letzten Kräfte zu mobilisieren.

Während Nathan sich durch den Kaddisch quälte, schaute Klein langsam in die Runde der Gesichter. Einige hatten die Augen geschlossen, vielleicht im Gedenken an die Tote, vielleicht, um besser die bedrückende Situation zu überstehen. Vielleicht auch nur, um nach der langen Kälte ein wenig die milde Wintersonne zu genießen. Die Familie Fuchs war durch Simone vertreten – so viel Stil hatten sie, auch nach der beruflichen Trennung jemanden zu schicken. Ob Jenny auch gekommen wäre, wenn sie gesund gewesen wäre? Mit Dafna hatte er über diese Beerdigung überhaupt nicht gesprochen, um sie nicht auf Ideen zu bringen.

Neben einigen Herren der männlichen Chewra und den Damen der weiblichen, die die traditionelle Waschung und Einkleidung der Toten ausgeführt hatten, waren vor allem Leute aus dem Bekanntenkreis der Toten da, auch einige Nichtjuden. Kleins Mundwinkel zuckten unmerklich und gegen seinen Willen nach oben, als er sich dabei ertappte, wen er eigentlich gesucht hatte. Er hatte sich erinnert, dass Frau Bänziger bei der Beerdigung von Nachum Berger seinerzeit gekommen war, weil sie erwartet hatte, dort Aufschlüsse über dessen gewaltsamen Tod zu finden. Heute war sie nicht da. Klein war spätestens nach der Begegnung heute Morgen und ihren wolkigen Bemerkungen überzeugt, dass sie insgeheim von einem Mord ausging, ohne ihn beweisen zu können. Ginge sie von einem Unfall aus, hätte sie nicht so kurz angebunden auf seine Fragen reagiert. Oder war die Phantasie mit ihm durchgegangen? War seine blühende Phantasie überhaupt der unbewusste Grund dafür, dass er Rivka am Telefon nichts von all dem erzählen wollte?

Kleins Blick begegnete dem von Simone, die ihn fixierte, als hätte sie es auf einen Wettkampf abgesehen. Er war der Erste, der wegschaute, nicht weil er ihren Blick nicht aushielt, sondern weil er sich zu fragen begann, ob noch andere Trauergäste ihn so anschauten, als sei er, der doch nur beruflich hier war, die eigentliche Hauptfigur an dieser Beerdigung – der Mann, der mit der Toten was hatte und nun wie ein Funktionär am Grab stand, froh, dass er keine Trauerrede halten musste. Der Mann, der am Ende vielleicht sogar an ihrem Tod schuld war?

Damals, als Berger gestorben war, hatte er erstmals bewusst empfunden, dass ein Toter keinen Einfluss mehr nehmen konnte auf das, was die Lebenden über ihn erzählten. Nun erkannte er – ein Schauder fuhr ihm über den Rücken –, dass es genauso schwer war, Tote und ihre Versionen der Wirklichkeit zu widerlegen, wenn sie diese gut genug verankert hatten. Wer alles in der Gemeinde meinte, er habe wirklich ein Verhältnis mit Carmen gehabt, und ob es wirklich jemand meinte oder ob Simone ihn gestern nur in die Defensive hatte drängen wollen – er wusste es nicht. Er erinnerte sich an einen Schriftsteller, der einmal geschrieben hatte, die Kardinaltugend der Schweizer sei «nüd derglyche tue». Einfach weitermachen. So tun, als würde man nicht darauf achten.

Na, dann wollte er mal versuchen, ein guter Schweizer zu sein! Er schaute selbstsicher wieder zu Simone. Sie schlug die Augen nieder.

Als die Gesellschaft sich aufgelöst hatte, sah Klein mit Unruhe, dass es einige Trauergäste gab, die sich gar nicht mehr von Nathan und Charly trennen mochten. Hatten sie nicht den Anstand, den Jungen und seinen Vater, bei dem diese ganze Veranstaltung zu Ehren seiner Ex-Frau ohnehin zwiespältige Gefühle wecken musste, in Ruhe zu lassen? Außerdem wurde es wirklich Zeit, sich für den Schabbat vorzubereiten. Er hatte Charly und Nathan dazu überreden können, heute Abend zum Gottesdienst zu kommen, wo die Betenden Nathan vor Eintritt des Schabbat mit der Trostformel für Hinterbliebene begrüßen würden. Er hatte sie auch zu sich zum Essen eingeladen, da Rivka ohnehin zu viel vorbereitet hatte, doch das wollten sie nicht annehmen.

Es dauerte fast zwanzig Minuten, bis das letzte Paar sich von den beiden gelöst hatte und er sich auch verabschieden konnte. Unter Nathans offenem Wintermantel sah man den Kragen seines Jacketts, den Klein nach altem Brauch vor der Beerdigung etwas eingerissen hatte, wie es die Trauernden in der Bibel taten. Doch als er in das Gesicht des Jungen blickte, sah er plötzlich einen jungen Mann vor sich – als hätte die Beerdigung ihn innert Minuten altern lassen. Es war sogar ein feines und kurzes Lächeln in seinem Gesicht zu erkennen, als er Kleins Hand drückte. Das war nicht mehr das aufgelöste Kind, das gestern mit verquollenen Augen durch die Wohnung seines Vaters geschlurft war.

Klein erwiderte das Lächeln, hoffnungsvoll und etwas melancholisch. «Deine Mutter war eine besondere Frau, Nathan.»

«Besonders verrückt, meinen Sie.»

Klein war konsterniert. «Das wollte ich nicht sagen.»

Es kehrte nochmals für einen Moment zurück, das Lächeln, das Nathan erwachsen aussehen ließ. «Ich weiß, dass sie Ihnen das Leben nicht gerade einfach gemacht hat. Und dass sie sich was vorgemacht hat, was Sie betrifft.»

Klein überflutete ein Gefühl von Erleichterung und Irritation, als sei er der kleine Junge, der vor einem besonnenen Mann steht. Doch einen Moment später waren Nathans Züge wieder weich und kindlich, der Mund verzog sich, seine Augen begannen zu glänzen.

«Aber sie war meine Mutter. Sie ist auf so fürchterliche Art gestorben. Und ich habe keine Ahnung, warum. Sie fehlt mir so.»

Instinktiv nahm Klein ihn in die Arme, sie standen reglos eine Weile. Klein spürte Nathans leicht zitternden Kopf auf seiner Schulter. Der Geruch von Rauch stieg in seine Nase. Er löste sich von dem Jungen und sah, wie Charly nervös an einer Zigarette zog.

«Gehen wir», sagte Klein, legte um jeden einen Arm, und so verließen sie das Gelände, ein trostloser Trupp aus drei Männern, die an derselben Frau verzweifelt waren.

Die Beerdigung, da hatte Frau Wild recht, war wirklich sehr knapp vor Schabbat angesetzt gewesen. Alles musste in den nächsten zwei Stunden erledigt sein, wenn man als orthodoxer Jude am Schabbat nicht kochte, keinen Herd anzündete, das Licht nur mit der Zeitschaltuhr an- und ausgehen ließ. Klein musste die aufgetauten Speisen Rivkas noch aufwärmen und auf die Wärmeplatte stellen, den Wassertopf, der den Schabbat über das Wasser heiß hielt, füllen und anstellen, er musste noch duschen, sich umziehen, zum Gebet gehen – und für all das musste er zuerst mal nach Hause kommen, einen Parkplatz finden – die geladene Emotionalität des Friedhofs war einer kalten Frustration und Wut gewichen. Wut auf die Leute, die nach der Beerdigung auf Charly und Nathan eingeschwatzt hatten, Wut auf die endlose Autokolonne vor ihm die Üetlibergstrasse hinunter, Wut auf sich, dass er nicht die andere Route über das Heuried und die Birmensdorferstrasse gewählt hatte, obwohl völlig unklar war, ob das irgendetwas gebracht hätte. Doch seine Wut wuchs weiter, sie erfasste Carmen Singer, die in jeder Hinsicht zur Unzeit und auf eine Unart gestorben war, die Überwachungskamera, die nicht funktionierte und ihn und alle anderen im Unklaren darüber ließ, ob das ein Selbstmord oder ein Unfall war oder etwas anderes, Wut auf seine Frau, die gestern Abend einfach aufgelegt hatte, und wiederum Wut auf sich, dass er so kleinkariert mit ihr geredet und sie heute nicht zurückzurufen versucht hatte. Wut schließlich auf das Radio, das, wo immer er drückte, nur penetrante Stimmen ertönen ließ, die über den Umbau eines Betriebsareals in Winterthur berichteten oder über Afghanistan oder über das Ende der Privatsphäre im digitalen Zeitalter. «Blablabla – ihr verdammten Idioten!», schrie er ins überheizte Auto hinein, hämmerte auf das Steuerrad und wusste, dass er sich jetzt nicht im Rückspiegel anschauen durfte.

Sein Telefon klingelte. Es war Tobias Salomon, der junge neue Chef der Synagogenkommission, der sich gegenüber dem Rabbiner gerne mit einem schneidigen Auftreten Respekt zu verschaffen suchte. Klein schaltete das Radio ab und stellte missmutig auf Lautsprecher.

«Herr Rabbiner», rief Salomon gleich mit konzentrierter Energie und maßlos überrolltem «R» ins Telefon. «Wie geht es Ihnen?»

«Naja», fuhr Klein die Tonlage gezielt herunter, «da ich gerade von einer tragischen Beerdigung komme, nicht so besonders.»

«War das die Beerdigung von Carmen Singer?»

«Ja.»

«Habe ich gehört. Was für ein Schock! Wie jemand sich einfach mir nichts dir nichts vor den Zug wirft.»

Klein sagte nichts.

«Und Sie haben sie doch ziemlich gut gekannt, nicht?»

«Wie meinen Sie das?», fragte Klein misstrauisch.

«Saßen Sie denn nicht gemeinsam in der Jugendkommission?»

«Ja, doch.»

«Eben. Wirklich tragisch. Aber ich rufe wegen etwas anderem an, betreffend den Schabbatgottesdienst morgen.»

Klein ahnte, dass nun irgendein Anliegen kommen würde, mit dem sich Salomon profilieren wollte. Morgen würde die Synagoge voll sein wegen der bevorstehenden Hochzeit.

«Ich habe gehört, dass Sie die Predigt morgen Ihrem Praktikanten überlassen wollten. Ist das richtig?»

«Ja, das haben Sie richtig gehört.»

«Das geht natürlich gar nicht. Nicht an einem Schabbat vor einer Hochzeit.»

Klein versuchte ruhig zu bleiben und den anmaßenden Ton zu überhören.

«Das ist mit den Familien der Brautleute abgesprochen. Sie sind einverstanden.»

«Bei allem Respekt, Herr Rabbiner. Es ist nicht an den Familien, dies zu entscheiden. Damit haben Sie sich an mich als Präsidenten der Synagogenkommission zu wenden.»

Klein entschied, es sei das Beste, sich dumm zu stellen, schaffte es aber nicht, auf Sarkasmus zu verzichten. «Gibt es einen neuen Erlass in dieser Sache? Das tut mir leid, wenn ich den verpasst habe.»

Erwartungsgemäß hob sich Salomons Stimme noch mehr. «Was heißt hier verpasst? Sie können doch in der Synagoge nicht einfach schalten und walten, wie Sie wollen. Dafür braucht es keinen neuen Erlass, das ist einfach so.»

«Ja, nun ist es dafür etwas spät, lieber Herr Salomon. Herr Bohnenblust hat die Predigt bereits geschrieben und eingeübt. In knapp zwei Stunden ist Schabbat, da könnte ich nun auch keine neue schreiben.»

Salomon schien diese nächstliegende und pragmatische Antwort kaum erwartet zu haben.

«Sie können doch an einem solchen Schabbat nicht einfach einen Praktikanten vorschicken», nörgelte er unbestimmt weiter.

«Herr Bohnenblust wird Sie nicht enttäuschen.»

Salomon zögerte einen Augenblick, dann kam's: «Dazu leidet er ja noch an diesem Tourettesyndrom, nicht wahr? Wie stellen Sie sich das vor, in einer vollen Synagoge! Ich meine, er kann ja nichts dafür – aber wenn er dann einen Anfall hat.»

«Ich hatte eher gedacht, es stört Sie, dass David Bohnenblust einen nichtjüdischen Vater hat.»

«Wieso denn, natürlich nicht!», rief Salomon empört. «Als so intolerant können Sie mich unmöglich einschätzen.»

«Dann bin ich beruhigt. Dann ist es tatsächlich nur Herrn Bohnenblusts Behinderung, die Sie irritiert.» Er sah Tobias Salomon plastisch vor sich, wie er sich auf die Lippe biss.

«Jedenfalls, so geht es nicht», brachte er schließlich kleinlaut hervor.

«Herr Bohnenblust wird Sie nicht enttäuschen», wiederholte Klein, in beinahe schon tröstendem Ton.

«Beim nächsten Mal ...», nuschelte Salomon und legte grußlos auf.

Kleins Laune hatte sich durch den Anruf nicht gerade gebessert. Und sie wurde noch schlechter, als das Telefon erneut klingelte. Konnten sie so kurz vor Schabbat keine Ruhe geben, all diese Schwachköpfe da draußen?

Er ließ es läuten, viermal, fünfmal, während sein Wagen sich im Schritttempo Richtung Einkaufszentrum Brunaupark bewegte. Schließlich schaute er auf das Display: die Nummer seiner Schwiegermutter. Rivka aus London. Sie kam ihm mit ihrem Anruf zuvor.

«Ich wollte dir nur Schabbat Schalom wünschen, du Sturkopf.»

«Du fehlst mir.»

«Gut so.»

«Versprichst du mir, dass du den Schabbat genießt? In dieser Snobbensynagoge deines Bruders?»

«Ich werde mich auftakeln wie ein Supermodel.»

«Und wann machst du das für mich?»

«Für dich mach ich was anderes. Aber nur, wenn du dich in Zukunft besser um deine Töchter kümmerst. Und deine Vergesslichkeit nicht auch noch als Erziehungsmaßnahme verkaufst.»

«Du meinst immer noch diese blöde Flöte. Ich habe das mit diesem Zwimpfer längst geregelt.»

«Ich meine dich. Immer nur dich. Ich habe ja nicht die Flöte geheiratet. Und nun küss die Mädchen von mir und vermiss mich weiter. Schabbat Schalom, Lieber.»

5

Liebe Elisabeth,
heute nur eine Frage: In der Stunde, als Du gestorben bist, als klar war, dass all das Bluthusten, das Keuchen, die Auszehrung und die Kälte Dir kein Entkommen mehr lassen würden. In dieser Stunde in T., in der ich Dich verlassen musste und in der Du mich für immer verlassen hast: Gab es da einen Augenblick, einen Moment nur, vielleicht den toten Winkel eines Augenblicks, wo Du an Gott gedacht hast?
Wie immer in grenzenloser Liebe
Dein H.
PS: Zum Ende des Hohenlieds fällt mir ein: Wir achten immer zu sehr auf das Ende bei den Liebesgeschichten – kriegen sie sich, oder kriegen sie sich nicht. Was zählt an der Liebe, ist sie selber, ihre Aussicht auf Erfüllung. Die Aussicht auf Erfüllung unserer Liebe ist für mich nicht zu Ende mit Deinem Tod; im Gegenteil, sie hat sich in neuer Form ergeben, Dir nachfliehend. Nun ist das Post Scriptum beinahe länger geworden als das ganze Brieflein.

Als er zum Freitagabendgebet ging, war Klein wieder in gehobener Stimmung. Rivkas Anruf war der Anfang gewesen, dann hatten sich seine beiden Mädchen als hilfsbereit und verantwortungsvoll erwiesen, die Schüsseln bereits auf die Wärmeplatte gestellt und den Tisch festlich gedeckt, plötzlich war er gar nicht mehr so spät dran, konnte in Ruhe duschen, sich fertigmachen und pünktlich beim Gebet sein.

Beschwingten Schrittes trat er in den mittelgroßen Raum im Gemeindezentrum an der Lavaterstrasse, wo schon seit Jahren der Freitagabendgottesdienst stattfand, weil zu wenig Leute zusammenkamen, um in der großen Synagoge an der Löwenstrasse zu beten. Manchmal war es nicht einmal ein Minjan, die mindestens notwendige Gruppe von zehn Männern, selbst nicht mit einem der israelischen Wachleute, die meist wenig interessiert am Gottesdienst waren und einzig durch ihre jüdische Mutter für die Teilnahme legitimiert. Die meisten Mitglieder seiner Gemeinde, die überhaupt einen Gottesdienst besuchten, beteten am Freitagabend in den Gebetsstuben ihrer Quartiere oder in einem nahe gelegenen jüdischen Altersheim.

Heute sah es gut aus, es waren schon fünf Minuten vor Beginn sieben Männer da, Klein war der achte, außerdem Nathan mit seinem Vater. Doch Nathan musste noch vor der Tür warten, bis die Stelle im Lecha-Dodi-Gesang kam, an der man die Prinzessin Schabbat begrüßte. Unmittelbar davor musste er hereinkommen, den Kopf mit dem Gebetsschal verhüllt und empfangen durch ein vielstimmiges Murmeln, das ihm Gottes Trost zuteil werden lassen sollte «im Tor der Trauernden Zions und Jerusalems».

Klein instruierte Nathan nochmals, was er wann zu tun habe, doch da stand schon David Bohnenblust hinter ihm, mit verrutschtem Gesicht. «Herr Rabbiner, eine Katastrophe ist passiert.»

Klein spürte eine unerwartete Gelassenheit anhand dieser Nachricht. Die «bessere Seele», die die Kabbalisten dem Juden am Schabbat zusprachen, schien schon Besitz von ihm ergriffen zu haben.

«Welche Katastrophe, David?»

«Die Predigt. Ich habe die Predigt zu Hause liegenlassen und konnte sie nicht mehr in die Synagoge bringen.»

Da das Tragen im öffentlichen Raum am Schabbat verboten war, war ein Text, den man zu Hause ließ, für gesetzestreue Juden nicht mehr transportierbar, wenn der heilige Tag erst einmal begonnen hatte.

«Aber dein Vater», sagte Klein instinktiv. «Dein Vater kann ihn dir doch morgen bringen.»

Sachlich war das richtig. Auch wenn Davids Mutter den Schabbat nicht hielt, durfte er sie als Jüdin nicht fragen. Einen Nichtjuden durfte man zwar nicht direkt, aber doch indirekt darauf aufmerksam machen, dass man von ihm etwas brauchte. Der Volksmund hatte dafür das zwiespältige Wort «Schabbesgoi» geschaffen. Es war zwar nicht besonders elegant, Davids Familienverhältnisse, die ihn ziemlich belasteten, so zu thematisieren. Aber in der Not …

«Mein Vater ist verreist. Auf einem Kongress in Lyon.»

«Am Tag, an dem du deine erste Predigt in der Synagoge hältst?»

«Schlechtes Timing. Ich hätte ihn vorher fragen sollen. Er ist fast nie weg, aber das scheint der größte Fachkongress für Handchirurgie weltweit zu sein.»

«Und auswendig lernen? Du hast doch ein phänomenales Gedächtnis.»

«Ich kann es auswendig.»

«Na also! Wozu dann die Aufregung?»

«Ich werde alles vergessen haben, wenn ich vor der vollen Synagoge sprechen muss.»

«Ach, Unsinn. Ich werde dir soufflieren. Ich kenne ja die Rede in Grundzügen auch.»

«Sie haben sie geschrieben.»

«Nach deinen Vorschlägen», ergänzte Klein. «Entspann dich, David. Das klappt schon.»

Inzwischen waren noch drei Männer zum Gebet gekommen, man hatte die Zehnerzahl auch für das Gebet vor dem Eintreten des Trauernden komfortabel erreicht, und Klein stellte sich gleich selbst ans Vorbeterpult, um mit dem Nachmittagsgebet das Empfangen des Schabbat einzuleiten.

Mit den Büchern für die Mädchen hatte Klein nur halbwegs ins Schwarze getroffen. Nachdem sein letztes Geschenk für Dafna, eine Biographie von Che Guevara, mäßigen Anklang gefunden hatte, war er diesmal auf eine dieser unvermeidlichen Vampirgeschichten ausgewichen. Dafna hatte nach dem Aufreißen des Geschenkpapiers diesmal etwas zufriedener dreingeschaut als letztes Mal, aber ihr Gesichtsausdruck hatte verraten, dass es trotzdem nicht die beste Wahl war.

«Magst du es nicht?»

«Doch, Papi, toll, danke.»

«Aber?»

«Nein wirklich, toll. Es ist nur: die andere Reihe, die mit dem Mausgesicht, ist besser.»

Bei Rina hatte er überhaupt nicht experimentiert und Astrid Lindgren gekauft.

«Den Michel kenn ich aber schon. Hat Mami aus der Bibliothek gebracht.» Sie sah ihn an. «Kann man aber zweimal lesen. Ich hab schon das meiste wieder vergessen. Danke vielmals.»

So saßen sie nach dem Essen zu dritt gemeinsam im Wohnzimmer, jedes Kind mit seinem Buch, Klein mit den Briefkopien Hermann Pollacks. Klein liebte diese Atmosphäre, schon als Kind war das die schönste Stunde der

Woche gewesen, wenn, dem Schabbat geschuldet, kein elektronisches Gerät lief und die Familie im Winter schweigend und lesend am Freitagabend zusammensaß. Rina wurde irgendwann müde, legte das Buch beiseite und ging schlafen.

Nach einer Weile schaute Dafna auf. «Übrigens, Papi, ich sollte noch für diese Lateinprüfung lernen. Deponentien und so was. Fragst du mich am Sonntag ab?»

«Sonntag habe ich eine Hochzeit.»

«Morgen?»

«Morgen gehst du in den Jugendbund.»

«Nach Schabbatende?»

«Nach Schabbatende wirst du hundert Pläne haben. Chatten, Freundinnen treffen, ich kenn das doch. Wenn du willst, dann jetzt.»

«Nein, nicht jetzt», maulte sie. «Jetzt bin ich gerade so gemütlich beim Lesen.»

«Wie du willst», sagte Klein und wandte sich wieder seiner Lektüre zu.

Dafna erhob sich ächzend. «Also gut.»

Latein und Geschichte waren Kleins Abfrage-Fächer. So hilflos er in den meisten mathematischen und naturwissenschaftlichen Fragen war – hier konnte er Dafna als promovierter Historiker alles erklären. Während sie in ihrem Zimmer missmutig nach dem Lateinbuch suchte, verweilte Klein bei Hermann Pollacks Gedanken über das Hohelied und das Ende der Liebesgeschichten. Wie endete eigentlich das Hohelied? Er hatte es vergessen.

Er würde es später nachlesen.

«Zunächst einmal: Was ist ein Deponens?», fragte Klein lehrerhaft, als Dafna ihm das Buch gegeben und sich wieder auf dem Sofa installiert hatte.

«Ein Deponens ist ein Verb mit aktiver Bedeutung, das aber in der Passivform konjugiert wird», leierte Dafna mit leerem Blick die Formel herunter.

«Sehr gut. Nun also einige Beispiele.» Er fragte die Liste von Verben in kurzen Sätzen mit unterschiedlichen Konjugationsformen ab. Sie konnte es leidlich, aber noch nicht sehr gut. Er zog die Fragerei etwas in die Länge, Dafna antwortete immer fließender und gelangweilter.

«So, noch eine letzte Frage», meinte er schließlich und überlegte sich einen Modellsatz. Beim Nachdenken fiel sein Blick auf den Stapel mit Pollacks Briefen. «Ich habe das Ende des Lieds vergessen», sagte er.

«Oblita sum – finis ... Was heißt schon wieder ‹Lied›?»

Klein erschrak, als es ihm bewusst wurde.

Dafnas Miene hellte sich auf, es war ihr eingefallen. «Ach ja, ‹carmen›.»

Sie schauten sich an.

«Finis carminis – das Ende vom Lied», sagte Klein mechanisch.

«Carmens Ende», sagte Dafna.

Klein schloss das Lateinbuch, legte es auf den Wohnzimmertisch und schwieg. Er spürte Dafnas Blick auf sich.

«Kann ich dich was fragen?», hörte er schließlich, wie von ferne, ihre Stimme.

Er schaute zerstreut auf. «Was denn?»

Dafna hatte ihre Schuhe abgestreift, die Beine hochgezogen und die Arme um die Knie geschlungen. Sie zögerte.

«Etwas wegen Carmen?», fragte er skeptisch. Würde seine Tochter ihn nun auch noch mit den unseligen Gerüchten konfrontieren, die ihm gestern Simone an den Kopf geworfen hatte?

«Nein, etwas ganz anderes. Es gibt ein paar Leute in der Klasse, die dauernd irgendwelche dummen Sprüche über mich machen. Das nervt.»

«Sprüche? Was denn für Sprüche? Gegen Juden?»

«Nicht direkt gegen Juden. Aber sie kritisieren, dass ich im Frühling wegen Pessach nicht auf die Schulreise mitkommen kann. Dass ich nicht mit zu McDonald's komme, wenn sie sich in der Pause dort was holen. Dass ich mich ständig ausschließe.»

«Das nervt tatsächlich.»

Dafna schwieg wieder. Klein ahnte, was kommen würde, aber er wollte, dass sie ihre Überlegungen selber aussprach.

«Und was würdest du ihnen antworten?», fragte sie schließlich. «Sie fragen immer, ob ich meine, dass ich einmal in den Himmel komme und sie nicht.» Es war weniger die Kritik der Kollegen, die ihr zu schaffen machte, als ihr eigenes Problem, wirklich zu erklären, warum sie so viele Dinge nicht durfte. Oder auch es selbst zu verstehen. Sie fragte ihn auf Umwegen, was das alles sollte mit diesem Judentum, das sie da praktizierten.

Klein ließ sich Zeit. «Schon vor zweitausend Jahren haben sich die Juden Gedanken darüber gemacht, warum sie die ganze Angelegenheit nicht einfach sein lassen. Und damals war das Judesein weniger einfach als heute, die lebten in Babylonien oder im Land Israel unter drückender römischer Herrschaft. Tempel hatten sie keinen mehr, das Himmelreich interessierte sie nur am Rande. Da hat einer von ihnen, Ben Asai, zusammengefasst, was für ihn der Sinn der ganzen Sache war. Du kennst den Spruch wahrscheinlich.» Er zitierte ihn auf Hebräisch, und Dafna nickte verhalten.

«Das Erfüllen eines Gebots», hatte Ben Asai gesagt, «zieht das Erfüllen weiterer Gebote nach sich, eine Übertretung aber weitere Übertretungen. Denn der Lohn des erfüllten Gebots ist ein erfülltes Gebot und der Lohn der Übertretung ist eine Übertretung.»

«Der Sinn liegt also nach Ben Asai in der Sache selbst», ergänzte Klein. «Wenn dir die Einhaltung der Gebote wichtig ist, dann kommt die Zufriedenheit und der Drang, sie einzuhalten, daraus, dass du es tust. Wenn nicht, dann gibst du es auf. Ben Asai sagt ja nicht: Die Strafe der Übertretung ist die Übertretung, sondern: Der Lohn der Übertretung ist die Übertretung. Wenn du einmal beschlossen hast, die Gebote sein zu lassen, dann empfindest du es geradezu als Lohn, sie los zu sein.»

Dafna schaute ihn nachdenklich an. Eine Strähne der braunroten Locken, die sie von ihrer Mutter hatte, hing ihr ins Gesicht. Langsam, fiel Klein auf, nahm ihr schlaksiger Körper weibliche Formen an.

«Eine Kettenreaktion», sagte sie. «Wie wir es gerade in Naturkunde gelernt haben.»

«So etwas in der Art», antwortete Klein.

«Ich hätte gedacht, du würdest mir ganz anders antworten: Dass Gott dem Mosche am Sinai die beiden Tafeln mit den Zehn Geboten gegeben hat und wir nun das einzuhalten verpflichtet sind, und so weiter, das sei der Grund für all unsere Extrawürste.»

«Naja, gehen wir mal davon aus, dass Ben Asai das auch gedacht hat. Aber was hilft es, das zu denken, wenn man die Gebote ganz einfach nicht mehr einhalten will?»

«Und was wäre, wenn es diese ganze Geschichte mit Gott gar nicht gibt? Wenn es eine Phantasie ist?»

Statt zu antworten, stand Klein auf und ging zur Bar, um sich einen Basler-Dybli-Kirsch einzuschenken.

Währenddessen sinnierte Dafna weiter. «Sagen wir, du gingst an einen Vortrag eines weltberühmten Professors, und er würde beweisen, klipp und klar beweisen, dass es keinen Gott gibt. Was würdest du dann tun?»

Klein setzte sich aufs Sofa und nippte an seinem Schnapsglas. «Ich stünde sicherlich unter Schock», sagte er. «Ich würde so schnell wie möglich heimgehen und mich ins Bett verkriechen. Aber zuerst würde ich noch das Nachtgebet sprechen.»

Dafna sah ihn kopfschüttelnd an. «Du klingst wie ein Junkie.»

Klein nahm noch einen Schluck Kirsch. «Ja, wahrscheinlich ist es genau das, was wir Juden sind. Junkies. Dabei gab es schon so viele wirksame Therapien: das Christentum. Die Aufklärung. Den Sozialismus. Und noch ein paar andere. Tolle Therapien, die viele geheilt haben. Die Junkies, bei denen das alles nichts geholfen hat, sind Juden geblieben.»

Klein sei wie gemacht für das Rabbinat der Cultusgemeinde, hatte Rivka ihm einmal gesagt, weil er es zwar nicht vermöge, die Leute zu überzeugen, aber sie zu beeindrucken. Und genau das sei es, was die Mitglieder der Gemeinde wollten. Ihre Überzeugungen hätten sie schon, davon seien sie nicht abzubringen, aber beeindrucken ließen sie sich gerne.

Wenn Klein nun seine Tochter ansah, so hatte er das Gefühl, dass er genau das erreicht habe: Sie sah beeindruckt aus, aber nicht restlos überzeugt.

Später, als auch Dafna sich ins Bett verabschiedet hatte, genehmigte Klein sich einen weiteren Kirsch. Es fiel ihm ein, dass er das Ende des Hohenlieds nochmals hatte nachlesen wollen. Er holte einen abgegriffenen Band des Tanach, der hebräischen Bibel mit den wichtigsten jüdischen Kommentaren, aus dem Regal. Er schlug die Seite auf, und entgegen kam ihm jener allerletzte Vers, der in die jüdische Dichtung des Mittelalters und von da ins Gebet des Pessachfestes eingegangen war: «Flieh, mein Freund, und gleiche dem Hirsch oder der jungen Gazelle auf den Gewürzbergen.» Raschi, der König der jüdischen Bibelerklärer, hatte dazu im 11. Jahrhundert geschrieben: «Fliehe, mein Freund, aus dem Exil und erlöse uns aus ihrer Mitte.» Die Gewürzberge hatte Raschi mit dem Tempelberg in eins gesetzt, über die der Freund, also Gott, die Erlösung bringen sollte, «und den Tempel, auf dass er rasch gebaut werde, in unseren Tagen: Amen».

Das war das Ende vom Lied. Das Ende konnte immer nur Erlösung sein, und die Gegenwart war immer nur Exil und Unglück. Klein schaute nochmals auf den Brief von Hermann Pollack, den er als letzten heute Abend gelesen hatte: Die verzweifelte Frage an Elisabeth nach ihrem Glauben in der letzten Stunde und der Wunsch, ihr nachzufliehen. Es war der Moment, wo Pollack erkannt hatte, dass seine grenzenlose Liebe zu Elisabeth der Liebe Israels zu Gott glich, wie die Tradition sie ins Hohelied interpretierte. Doch Pollack wusste, dass er lebte, während Elisabeth tot war. Die Juden hingegen waren immer davon ausgegangen, dass eigentlich sie die Toten seien, die vom lebendigen Gott wieder belebt und erlöst werden müssten.

Klein trank sein zweites Kirschglas aus. Auch Carmens

Ende war wohl das Ende einer grenzenlosen Liebe gewesen. Einer grenzenlosen Liebe, deren Objekt er selber gewesen war, der sich hinter diesen Grenzen verschanzt hatte, um nicht verschlungen zu werden von der manischen Maßlosigkeit, mit der sie ihn begehrte. Zum ersten Mal, seit er die Nachricht von ihrem Tod gehört hatte, begann er darüber nachzudenken, was dieser Tod für ihn bedeutete. Erleichterung? Befreiung? Die Lösung eines Problems? Am Ende eine Spur seltsamer Trauer? Was hätte er denn gesagt in seiner Totenrede, hätte er sich nicht geschickt davor zu drücken gewusst? «Eine besondere Frau» sei sie gewesen, hatte er Nathan tröstend gesagt und von diesem knapp sechzehnjährigen Jungen die Antwort bekommen: «Besonders verrückt, meinen Sie wohl.»

All das rechtfertigte nicht ihren Tod – und nicht diesen Tod. Denn letztlich war sie doch einfach auch eine bemitleidenswerte Frau, die in der Mitte ihres Lebens die Mitte ihrer Existenz nicht gefunden hatte, weder in ihrer Ehe noch offenbar in ihrem Beruf, und wer sollte einer solchen Frau so übelwollen, dass er sie vom Perron hinunterstieß vor einen heranbrausenden Intercity? Sie musste ausgerutscht sein oder gestolpert, oder vielleicht hatte sie einen Schwächeanfall erlitten, ganz plötzlich, und war aus dem Stand umgekippt, solche Dinge gab es bekanntlich.

Erst um drei Uhr morgens, die Zeitschaltuhr hatte längst das Licht im Salon gelöscht, erwachte Klein auf dem Sofa in seinem zerdrückten weißen Schabbathemd und den dunklen Anzugshosen und taumelte ins leere Ehebett.

6

Liebe Elisabeth,
ein unangenehmer Streit mit dem Lehrer Kupfer treibt mich um. Es geht um Dinge, über die zu streiten ich noch vor kurzem als unerhörten, lächerlichen Luxus empfunden hätte. Du errätst es wahrscheinlich: wieder um das Hohelied.
Der Geliebte, der an die Tür klopft und dessen Braut nicht öffnen mag – als sie kommt, ist der Geliebte verschwunden und nicht mehr aufzufinden –, poetisch eine wundervolle Szene aus dem fünften Kapitel. Aber ich habe Kupfer schockiert, glaube ich. Obwohl er behauptet, mir nichts übel zu nehmen, ist sein Blick nicht mehr derselbe seither, und zuletzt hat er mich beleidigt. Schwer beleidigt.
Der Religionslehrer meint: Zuweilen klopfe Gott bei uns, den Juden, die er mit der Geliebten gleichsetzt, an, und wir hörten ihn nicht. Wenn wir darauf achten, ist es schon zu spät. Ich habe ihm gesagt: «Herr Rabbiner, bei mir hat noch keiner geklopft. Vielleicht kann ich mir einbilden, dass jemand klopft, vielleicht, wenn ich es mir mit aller Macht wünsche, wenn mein ganzes Sinnen und Trachten darauf gerichtet ist, dass endlich, endlich jemand klopft, vielleicht höre ich ihn dann klopfen, oder ich bilde mir ein, er habe geklopft. Selbst wenn ich ihn verpasst habe, bin ich sicher, er war da. Vielleicht ist es sogar die schönste Einbildung, begehrt worden zu sein und es verpasst zu haben.»
Darauf hat der Rabbiner mir gesagt: «Wie kommen gerade Sie dazu, über diese Stelle zu spotten. Spotte ich darüber, dass Sie Ihrer toten Frau Briefe schreiben?» Ich Narr aller Narren habe

ihm einmal davon erzählt. Er hat damals verständnisvoll genickt. Im Grunde aber hält er mich doch einfach für einen Verrückten, ein «Opfer» meines Schicksals, und nun ist es aus ihm herausgebrochen.
Zwischen ihm und mir ist das Verhältnis zerrüttet, vielleicht für immer. Ich schreibe es mit Wehmut.
Wie immer in grenzenloser Liebe
Dein H.

«Däm sini Schnörre ghörti zum Kantonschemiker», hatte Kleins Vater jeweils gesagt, wenn jemand einen besonders giftigen Gesichtsausdruck hatte. Der Spruch fiel Klein ein, als aus der Menge der verstörten und peinlich berührten Gesichter seiner Gemeindemitglieder das böse Lächeln von Tobias Salomon hervorstach. Schräg vor seinem Rabbinerstuhl, der an der Stirnseite der Synagoge gegenüber den Sitzreihen der Besucher stand, sah er von hinten den zusammengesunkenen, zuweilen in ungekannter Wildheit zuckenden David Bohnenblust am Rednerpult der Synagoge stehen, für jegliche Einflüsterung vollkommen unzugänglich. Der junge Hochbegabte stand japsend, hyperventilierend, ohne auch nur einen artikulierten Ton von sich zu geben, vor der Gemeinde, die auf seine Predigt wartete. Oder es aufgegeben hatte, eine Predigt zu erwarten, und nur noch wünschte, das traurige Schauspiel möge bald enden. Klein gab sich einen Ruck und war mit zwei Schritten bei David. Er legte ihm den Arm um die Schulter und begleitete ihn die kleine Treppe von der Empore hinunter, wo er ihn dem Schammes Sigi Wechsler übergab, den er anwies, David in die Vorhalle zu bringen und ihm ein Glas Wasser zu geben.

Die wenigen Sekunden hatten gereicht, um die stille Betroffenheit der Synagoge in ein lautes, von kleinen Lachern durchsetztes Gemurmel zu verwandeln. Klein stieg auf die Empore zurück, stellte sich an das Rednerpult und hob die Hand, um Ruhe zu gebieten.

«Wenn Sie, liebe Mitglieder und Gäste, beim heutigen Wochenabschnitt aufgepasst haben», sagte er in den langsam abebbenden Lärm hinein, «bei der Berufung Moses am Dornbusch, dann wissen Sie, was das Hauptproblem von Moses war: dass er ‹unbeschnittene Lippen› habe. Mit anderen Worten, dass er kein Redner war. Erst als Gott zugesagt hatte, ihm den Aron als Sprachrohr zuzugesellen, hat Moses die Mission angenommen, nach Ägypten zu gehen, um Israel zu befreien. Es sind nicht immer die Schlechtesten, denen das öffentliche Sprechen schwerfällt.»

Dann hatte er die Predigt nachzuliefern, die David nicht gehalten hatte. Er hielt eine ganz andere als die vorbereitete, deren Manuskript auf dem Zürichberg im Haus von Davids Eltern lag. Inspiriert von seiner Beschäftigung mit dem Hohenlied, sprach Klein über Moses und die Liebe seiner Frau, die den gemeinsamen Sohn auf dem Weg nach Ägypten beschnitt und damit ihrem Mann das Leben rettete, und er verwies darauf, dass morgen in der Gemeinde eine Hochzeit stattfinden würde, um, wie es die Formel sagte, «ein festes Haus zu bauen in Israel». Dabei dachte er an Rivka, die nun wohl in ihrem neuen Kleid in einer prunkvollen modernen Synagoge im Nordwesten Londons neben ihrer Mutter saß und ihrem Neffen beim Torahlesen desselben Abschnitts zuhörte. Er hoffte, sie denke auch an ihn.

Zum Schluss des Gebets trat, mit einer Reihe anderer Männer im Trauerjahr, Nathan Singer nach vorne und sprach den Kaddisch. Diesmal gefasst, mit lauter, fester Stimme, sorgfältig die schwer verständlichen, aber allen geläufigen aramäischen Wörter aneinanderreihend. Und nach dem Abschlussvers, bei dem man drei kleine Schritte nach hinten und drei nach vorne geht, ließ er wie ein Soldat die Absätze aneinanderknallen, und sein Blick ging ernst, aber selbstbewusst zum Rabbiner. Klein nickte ihm zu. Jahrelang war ihm dieser Junge fremd gewesen, noch fremder geworden durch das, was Carmen über seine Herkunft erzählt hatte, und dann nach der Scheidung und in der Pubertät fast ganz unzugänglich. Nun, kaum lag der Körper seiner Mutter unter der Erde, hatte sich seine Verkrampfung gelöst, und er schien bemüht, ein engeres Band zum Rabbiner zu knüpfen.

Zerstreut sprach Klein im oberen Gebetssaal, der für den Gemeindeempfang nach dem Beten genutzt wurde, den Kiddusch über einen Becher Wein, die wundervollen Sätze über das Halten und das Heiligen des Schabbat, die Ruhe für die Juden und ihre Familien und ihre Knechte und Mägde und Tiere brachten, Worte, die so tief in ihm drin saßen, dass er sie auch im Schlaf hätte sagen können. Seine Augen suchten nach Davids zuckendem Kinn, doch er fand ihn nicht unter den Anwesenden.

Bis er in Sigi Wechsler hineinlief, der sich fröhlich ein Stück Roulade in den Mund schob und Klein mitteilte, David sei direkt nach Hause gegangen, als er ihn hinausbegleitet habe. Er habe das Ende des Gottesdienstes nicht abgewartet. Seine Mutter sei die Treppe von der Frauenempore heruntergekommen und habe sich mit ihm auf den Weg gemacht.

«Hatte er das nötig? Mamas Baby», grummelte Klein.

«Wie bitte?», fragte Wechsler.

Klein machte eine abwehrende Handbewegung. Nathan Singer, dachte er, nahm gerade alle Kraft zusammen, um erwachsen zu werden, und David, der bereits in einem anderen Land gelebt und seinen ganz eigenen Weg zurückgelegt hatte, hatte sich von den Eltern zur Rückkehr überreden lassen.

Er stülpte seinen Hut über die Kippah, nahm den Mantel vom Garderobehaken und wollte gehen. Wie immer sprachen ihn noch einige Leute an, zwei oder drei auch auf den Todesfall Carmen Singer.

«Hätten Sie nicht im Gottesdienst etwas dazu sagen wollen?»

«Was hätte ich sagen sollen? Man soll sich nicht umbringen? Man soll nicht zu nahe am Gleis auf den Zug warten?»

«Eine halachische Frage, Herr Rabbiner: Musste man sie im Friedhof in einer besonderen Ecke begraben? Ich habe gehört, das ist bei Selbstmördern so.»

Klein tat, als habe er das nicht gehört. Eine halbe Minute später stand er draußen an der Ecke Löwen- und Nüschelerstrasse.

Auf dem Heimweg dachte er an David. Wie man es drehte und wendete, das war eine katastrophale Erfahrung für ihn gewesen. Sprachlos vor der ganzen Gemeinde zu stehen. Auch wenn Klein vielleicht mit dem Verweis auf den sprachbehinderten Moses die Situation ein wenig hatte retten können. Vielleicht hatte es die Besucher in der Synagoge beeindruckt – überzeugt hatte es sie gewiss nicht.

Er hatte Dafna und Rina ausschlafen lassen. Anders als gestern hatten sie aber dann nicht den Tisch gedeckt oder irgendetwas vorbereitet. Beide lümmelten noch im Pyjama herum, die Reste ihres Frühstücks hatten sie nicht weggeräumt, die Betten nicht gemacht.

«Meint ihr, wenn Mami mal nicht da ist, könnt ihr alles schleifen lassen?», fuhr er sie an.

«Genau», entgegnete Dafna mit triumphierendem Lachen. Aus der nachdenklichen jungen Erwachsenen von gestern Abend war über Nacht ein ungehorsames, faules, ungemein fröhliches Kind geworden.

Nach dem Essen, als die Mädchen in den Jugendbund gegangen waren, beugte Klein sich wieder über die Briefe Hermann Pollacks. Er hatte langsam das Gefühl, diesen Mann kennenzulernen, einen knorrigen, unnachgiebigen Charakter, sensibel, obsessiv verliebt in seine Frau, die nicht mehr lebte, nicht verrückt, aber verbissen vor Einsamkeit. «Bei mir hat noch keiner geklopft», hatte er dem Religionslehrer Kupfer vor die Füße geworfen, der so viel Zeit aufwandte, um diesem Mann aus den Tiefen der Finsternis herauszuhelfen. Klein fand es bemerkenswert, dass Pollack davon ausging, das Mädchen im Hohenlied, das seinen Geliebten klopfen hört, könnte sich das nur eingebildet haben. Es verzögert das Aufstehen unbewusst, um danach eine Ausrede zu haben, dass niemand mehr vor der Tür steht. Aber vielleicht stand gar nie jemand vor der Tür.

Generationen von Juden, seit dem unvergleichlichen Rabbi Akiva vor fast zweitausend Jahren, hatten das Hohelied als Gleichnis der schwierigen Liebe zwischen der Braut Israel und ihrem Geliebten Gott gelesen. Die Szene mit dem klopfenden und danach verschwundenen Geliebten hatte noch einen der größten Rabbis der Moderne zu kühnen Thesen verleitet. Er glaubte, Gottes Klopfzeichen deuten zu können, die das Judentum nach dem Holocaust und der Gründung eines jüdischen Staats in die Pflicht nahmen.

Und in Davos saß der theologisch ganz ungebildete Doktor Hermann Pollack, Experte für grenzenlose Liebe, und vertrat, guter Wiener Arzt, der er war, die These, die Braut des Hohenlieds, die himmlisch schöne Sulamith, sei einem Wahn aufgesessen. Hätte sich Klopfzeichen ihres Bräutigams eingebildet, der zu dieser Zeit vielleicht hundert Kilometer entfernt in der Badewanne saß und keinen Gedanken an sie verschwendete. Oder gar nicht ihr Bräutigam war. Klein erinnerte sich an den Artikel, den er über Stalking gelesen hatte und der ihm damals die Augen über Carmens Verhalten öffnete. Genau das taten Stalker: Sie bildeten sich dauernd ein, vom Objekt ihrer Begierde Zeichen zu bekommen, und darauf gründeten sie den Wahn. Nicht sie belästigten jemanden, sondern der Begehrte selbst sei hinter ihnen her, wolle dauernd etwas von ihnen, aber aus irgendwelchen Gründen verstecke er das immer hinter Andeutungen.

Klein saß da und starrte vor sich hin. Was sagte denn das über die Juden aus, die seit zweitausend Jahren überzeugt waren, es sei hier ein Gleichnis zwischen ihnen und Gott verzeichnet? Hieß Judesein nicht nur für den Einzelnen, dass er ein Junkie war, sondern für die Gemeinschaft, dass sie Stalker Gottes waren? War nicht nur Hermann Pollack seiner grenzenlosen Liebe verfallen, nicht nur Carmen Singer, sondern das ganze Volk, aus dem sie kamen? Hatten sie sich immer nur eingebildet, was mit diesem Gott zu haben? Dass er geklopft habe und dann verschwunden sei, obwohl er nie da war, dass er irgendwo auf sie warte oder gleich gegenüber sitze, obwohl ihm nichts ferner gelegen hätte?

Klein brauchte dringend ein Basler Dybli. Besser zwei.

Schon wieder war er auf dem Sofa eingenickt. Als er erwachte, hatte er das Minchagebet bereits verschlafen, und es würde ihm auch für Maariv nicht mehr in die Synagoge reichen. Er erhob sich ächzend und ging zum Badezimmer. Unterwegs fiel sein Blick auf den Stapel der Briefe von Hermann Pollack.

«Stalker Gottes», sagte er und schüttelte den Kopf ungläubig lächelnd. Das war es, was andere seit Generationen den Juden vorgeworfen hatten. Sein Vater hatte einmal einen übereifrigen christlichen Geschäftsfreund gehabt, der es darauf anlegte, ihn zu missionieren. Er würde sonst des ewigen Lebens nicht teilhaftig werden.

«Wenn ich tot bin, schaun wir weiter», hatte Kleins Vater damals gesagt.

«Dann ist es zu spät», hatte der Bekannte beschwörend gerufen.

«Ja, für Ihr Anliegen bestimmt», hatte Kleins Vater lakonisch gemeint.

Irgendwann nach Schabbat rief Rivka vom Barmizwafest ihres Neffen an, wo offensichtlich die Post abging. Er verstand kaum, was sie sagte, im Hintergrund war dröhnend die typische jüdische Tanzmusik zu hören. Rivka klang aufgekratzt, sagte etwas von «Großstadt» und «mal zusammen hinfahren». Obwohl er viel mehr nicht verstand, sagte er zur Sicherheit, dass es ihm und den Mädchen gutgehe, weil er annahm, dass es das war, was sie wissen wollte.

Kurz danach läutete es an der Haustür. Vor der Tür stand David Bohnenblust. Sogleich dachte Klein, dass er ihn nach Schabbatende hätte anrufen sollen. David sah schlecht aus.

«Ich höre mit dem Praktikum auf.»

«Hinschmeißen, was?» Klein war dagegen gewesen, dass er dieses Praktikum bei ihm begann. Doch nun beschloss er, ihn bei seinem Ehrgeiz zu packen. «Wenn es einmal eine Panne gegeben hat – gleich hinschmeißen.»

«Ja», sagte David, scheinbar ohne die Schärfe in Kleins Ton zu bemerken, «hinschmeißen.»

«Und bei der nächsten Sache, die du anpackst, dann wieder dasselbe. Ein paar Wochen oder Monate, dann wird es unserem Genie zu blöd, es ist für Besseres gemacht, und tschüss.»

David sah ihn still und versonnen an und sagte nichts. Es fiel Klein auf, dass Davids Kinn seit seiner Ankunft überhaupt nicht mehr gezuckt hatte.

«Du hast vielleicht nicht mehr gehört, was ich der Gemeinde gesagt habe, als du heute Morgen die Sprache verloren hattest.»

«Irgendwas von Moses. Jemand hat es mir vorhin beim Minchagebet erzählt. Sehr freundlich von Ihnen.»

«Aber ich meine es ernst. Moses hat auch nicht alles hingeschmissen.»

«Ach, Moses.» David machte eine wegwerfende Handbewegung. Sein Kinn zuckte. Fast beruhigt nahm Klein es zur Kenntnis.

«Hat deine Mutter dir gesagt, du sollst das Praktikum beenden? Wegen ihr hast du es ja auch angefangen.»

David rutschte auf seinem Stuhl herum.

«Wann lernst du, deine eigenen Entschlüsse zu fassen? Was soll denn, deiner Mutter nach, als Nächstes kommen?»

«Ich weiß nicht, was für Ideen sie für mich hat», sagte David. «Aber ich weiß, was ich zu tun habe.»

«Nämlich?»

«Israel. Torah lernen. Zurück in die Jeschiwa.» Das war tatsächlich definitiv nicht von Davids Mutter gekommen.

Klein sah ihn zweifelnd an. «Bis es dir wieder aushängt?»

«Nein, ich möchte es wirklich durchziehen diesmal. Ein Gelehrter werden.»

Klein grinste unwillkürlich. «Der Gaon von Zürich.»

David lächelte.

«Aber weißt du», meinte Klein, «wenn du jetzt wieder zurückgehst, werden sie dir in Nullkommanichts einen Schidduch suchen, und wenn du erst mal verheiratet bist, dann gibt es kein Hin und Her mehr, dann bist du in dieser Welt drin.»

David nickte.

«Der Weg, den ein Mensch gehen will, lässt man ihn gehen», zitierte Klein eine bekannte rabbinische Weisheit.

«Talmudtraktat Makkot, Seite zehn b», ergänzte David das Zitat.

Das hatte Klein so genau nicht gewusst. «Genau», sagte er trotzdem. Nach einer Weile fügte er an. «Dann ist das dein Abschiedsbesuch?»

«Nein», wehrte David ab. «Ich mache noch etwas weiter. Zuerst muss ich ja wieder einen Platz auf einer Jeschiwa bekommen. Und schließlich möchte ich Rina in Mathe auch für die Gymnasialprüfung fit machen. Aber keine Predigten mehr.»

«Versprochen», sagte Klein.

Davids Kinn zuckte wieder, bevor sich sein Gesichtsausdruck veränderte und ernst, fast verstört wurde. «Übrigens», fragte er, «haben Sie schon die Nachrichten gelesen?»

«Nein, warum?» Klein versuchte nach Schabbatausgang

die Begegnung mit dem Internet immer so lange wie möglich hinauszuschieben.

«Die Polizei geht offenbar davon aus, dass Carmen Singer umgebracht worden ist. Jemand soll sie vor den Zug gestoßen haben.»

7

Liebe Elisabeth,
heute früh, als die Wolken aufbrachen, hatte ich für einen Augenblick die Phantasie, Dich am Himmel zu sehen. Nicht Deine abgehärmte Gestalt aus den letzten Tagen in T., auch wenn Dir das Lächeln um den Mund nie ganz verging und ich es immer vor mir habe, Dein unauslöschliches Lächeln. Aber heute Morgen war es Deine Gestalt im Sommerkleid, das Du noch trugst in unseren letzten glücklichen Tagen. In den letzten Tagen, in denen wir noch ans Glück glaubten.
Ich war nicht so naiv, die Hände auszustrecken zum Himmel. Ich weiß, dass Du dort nicht bist, oder dass Du in einem anderen Himmel bist, von dem ich nichts wissen will. Dennoch habe ich es als Zeichen genommen: Es gibt noch Glück, es gibt noch Liebe, es gibt noch uns beide.
Ich warte nicht darauf, dass ein solches Bild mir nochmals erscheint. Ich hüte mich, darauf zu warten, denn dann wird es nie wieder geschehen. Immer schon hast Du es vorgezogen, mich zu überraschen.
Selbst bei Deinem Tod, an den ich nicht glauben wollte.
In grenzenloser Liebe
Dein H.

Kichernde Endzwanzigerinnen in hochhackigen Schuhen, mit trendigen Koffern und prallvollen Duty-free-Taschen von London Heathrow kamen durch die elektrische Schiebetür. Nach gut einer halben Stunde sah Klein einen Hoffnungsschimmer, dass auch Rivka und ihre Eltern demnächst auftauchen würden. Zwar hatte er eine Spezialerlaubnis zum Parken in der Zone, die sonst Taxis vorbehalten war, um den gehbehinderten Schwiegervater nicht durch den halben Flughafen Zürich schieben zu müssen. Aber die Taxifahrer hatten ihn eher schief angesehen, als er munter aus dem Auto gestiegen und ins Gebäude gelaufen war, und er wollte ihre Geduld nicht überstrapazieren.

In Wellen strömten die Leute heraus, Herren in Maßanzügen, die sich Mühe gaben, so ins Gespräch vertieft zu sein, dass jeder, der hier wartete, verstand, dass ein Flug sich für sie nicht von einer Fahrt in der U-Bahn unterschied, Rucksackreisende, die durch Batikhemden, Haare und Bartflaum eine Rückkehr der Hippiekultur glaubhaft machten, eine pittoreske, etwas desorientierte Indiofamilie. Nur wenige Ankommende wurden abgeholt, davon die meisten allerdings stürmisch begrüßt.

Rivka und ihre Eltern kamen nicht. Dabei hatte Rivka noch heute Morgen per SMS bestätigt, dass sie auf diesem British-Airways-Flug sein würden.

Klein ermahnte sich, nicht allzu ungeduldig zu sein. Alte Leute, ein Rollstuhl, all die Koffer – bis alles sortiert war, dauerte es länger als bei fröhlichen It-Girls oder geschäftigen Bankern. Alles doppelt so lang, hatte Rivka ja selbst gestöhnt.

Schließlich, als ewig nichts geschah, wählte er doch die Handynummer seiner Schwiegermutter. Erwartungsgemäß antwortete die Mailbox, sie hatte es wohl gewissenhaft beim Abflug abgestellt und nicht wieder aktiviert. Aber warum rief dann Rivka nicht von selbst an, wenn es offenbar Verzögerungen gab? Vor fünfundzwanzig Minuten waren die ersten aus dem London-Flug aufgetaucht, und von der Familie noch immer keine Spur.

Klein erwog, zur Auskunft zu gehen, aber vielleicht würde er sie dann verpassen. Er gab ihnen noch fünf Minuten. Vielleicht wurden sie ja vom Zoll auseinandergenommen. Sah diesen Zollbeamten ähnlich, zwei Frauen und einen alten Mann im Rollstuhl zu filzen.

Er drehte sich weg und überlegte, was er nun den Taxifahrern sagen würde, wenn er nach einer Stunde zurückkäme, ohne jeden Hinweis darauf, weshalb er diese Spezialgenehmigung im Fenster liegen hatte.

«Herr Klein?»

Er drehte sich um. Na, Gott sei Dank. Als Erstes sah er seine Schwiegermutter, begleitet von einer Flughafenangestellten, die den Rollstuhl mit seinem Schwiegervater schob. Neben der Schwiegermutter war noch eine Angestellte mit einem Gepäcktrolley und einem Polizisten. Offenbar hatte der Polizist ihn gerufen. Rivka war nicht zu sehen.

Klein rannte zu der Gruppe. «Wo ist Rivka? Wo ist meine Frau», fragte er atemlos, ohne die Schwiegereltern auch nur zu begrüßen. Jetzt erst sah er, wie verstört und bleich sie aussahen.

«Darf ich Sie einen Moment unter vier Augen sprechen?», sagte der Polizist, ein junger Mann mit Stachelfrisur, die Daumen auf beiden Seiten zwischen Gürtel und Hose gehängt.

Sie traten ein paar Schritte zur Seite, während seine Schwiegereltern mit den beiden Helferinnen warteten.

«Wir mussten Ihre Frau bei der Passkontrolle vorübergehend in Gewahrsam nehmen. Sie wird im Zusammenhang mit einem Verbrechen durch eine Zeugenaussage belastet.

Sie wird hier zunächst am Flughafen befragt. Sollte sich unser Verdacht erhärten, wird sie auf der Hauptwache in Zürich weiter vernommen. Die zuständige Kommissarin hat mich beauftragt, Ihnen das mitzuteilen.»

Klein war fassungslos. Er konnte nicht sprechen.

«Ja, das wollte ich Ihnen sagen. Auf Wiedersehen», sagte der Polizist schließlich und setzte sich in Bewegung.

«Moment, Moment!», rief Klein. Offenbar zu laut. Einzelne Leute drehten sich nach ihm um. Der Polizist drehte sich um.

«Was für ein Verbrechen? Meine Frau kann doch unmöglich in ein Verbrechen ...»

«Es handelt sich um die Frau, die vergangene Woche im Bahnhof Enge unter den Zug gestoßen wurde. Vielleicht haben Sie davon gehört.»

«Ja, natürlich. Aber was soll meine Frau damit zu tun haben?»

«Die Details kenne ich nicht, das ist Sache der Kriminalpolizei. Auf Wiedersehen.»

«Aber ...»

Der Polizist hatte bereits eine Tür in der Wand aufgeschlossen und war darin verschwunden. Klein hatte ihn noch nicht einmal nach dem Namen der zuständigen Kommissarin fragen können. Auch wenn es eigentlich nur Frau Bänziger sein konnte.

Als David Bohnenblust ihm vorgestern Abend erzählt hatte, dass die Polizei im Fall Carmen Singer von einem Mord ausging, hatte er gleich auf einer Webseite der Boulevardpresse nachgeschaut. Tatsächlich gab es dort auch ein Foto aus jener Überwachungskamera, die funktioniert hatte; man sah darauf zwei oder drei Menschen, davon einer rot eingekreist. Offenbar war diese Person, die einen langen schwarzen Mantel mit Kapuze trug, aus dem Gesichtsfeld der Kamera getreten, dorthin, wo Carmen Singer stand. Inzwischen, so hieß es im Artikel, habe sich eine Zeugin gemeldet, die behauptete, gesehen zu haben, wie die Person im schwarzen Mantel Carmen gestoßen habe, als der Zug heranraste. Also Mord.

Die Nachricht hatte ihn nochmals erschüttert. Er hatte Charly Singer angerufen, der gerade dabeistand, wie die Polizei die Wohnung seiner Ex-Frau ausräumte: Notizen, Ordner, Computer, alles musste nun ausgewertet werden. Während der Hochzeit gestern war die Geschichte am Rande Thema gewesen, aber sie war ihm nicht aus dem Kopf gegangen. Er hatte ja schon länger geahnt, dass es Mord sein könnte. Aber nie im Leben hätte er gedacht, dass seine Frau mit diesem Mord in Verbindung gebracht werden könnte.

«Es wird sich alles rasch klären», sagte er seinen Schwiegereltern, die vollkommen aufgelöst im Auto saßen und ihm erzählten, es sei ihnen gleich aufgefallen, dass in der Nähe der Zollkabinen einige Polizisten versammelt waren und hektisch in ihre Funkgeräte redeten. «Die suchen jemanden», hatte Rivka vermutet, während sie in der Warteschlange standen. Als sie mit den drei Pässen zum Schalter vorgetreten war, standen plötzlich drei oder vier Polizisten um Rivka herum und baten sie höflich, aber bestimmt, mit ihnen zu kommen. Um die Eltern hatte sich fortan der junge Polizist mit der Igelfrisur gekümmert, der mit ihnen herausgekommen war.

Klein hatte den Eindruck, dass seine Schwiegereltern nicht genau wussten, warum man Rivka zum Verhör mitgenommen hatte. Das erleichterte ihn.

«Der Polizist hat mir auch nichts Genaueres gesagt», erklärte er so zuversichtlich wie möglich. «Irgendein Irrtum oder eine Lappalie, wahrscheinlich ein abgelaufener Pass oder so was. Manchmal sind die einfach scharf drauf, dass was läuft. Wird sich alles klären.»

«Ein abgelaufener Pass?», fragte Rivkas Vater skeptisch. Er hütete sich aber, weiter laut nachzudenken.

Zu Hause hatte Klein die letzten von Rivka vorbereiteten Portionen als Mittagessen für die Rückkehrer aufgewärmt. Aber Rivkas Eltern hatten keinen Hunger. Er brachte sie in das eine Mädchenzimmer und zog das zweite Bett heraus, damit sie sich ausruhen konnten. Sie schienen vollkommen erschöpft und legten sich dankbar für eine Weile hin.

Von seinem Arbeitszimmer aus rief er die Büronummer von Karin Bänziger an. Herr Drulovic, ihr Assistent, nahm ab. Frau Bänziger sei derzeit nicht im Büro.

«Am Flughafen dann wohl», sagte Klein gereizt.

«Ich kann Ihnen darüber keine Auskunft geben», sagte Herr Drulovic freundlich. Er hatte vom Fall Berger schon Erfahrung damit, als Blitzableiter für Kleins Zorn herhalten zu müssen.

«Können Sie mir dann wenigstens etwas über den Verbleib meiner Frau sagen? Oder wie ich mit ihr sprechen kann?»

«Ihre Frau? Sprechen sie von Frau Regina Klein?»

Regina war Rivkas bürgerlicher Name, den sie seit früher Jugend nur noch für Amtliches benutzte. Selbst ihren Eltern hatte sie aufgenötigt, nur ihren hebräischen Namen zu verwenden.

«Schon zuverlässig registriert bei Ihnen, was?»

«Das Einzige, was ich Ihnen sagen kann, ist, dass sie heute Nachmittag noch hierher auf die Hauptwache überstellt wird. Dort wird die Vernehmung fortgesetzt.»

Überstellt! Wie die nur schon sprachen!

«Kann ich sie sehen?»

«Im Moment nicht. Aber sie hat das Recht auf einen Anwalt.»

Klein legte ohne Abschiedsgruß auf.

Er überlegte kurz und wählte dann die Nummer der Anwaltspraxis Studer, Zäch und Zollikofer, wo sich, wie ihm vorkam, erst nach ewigem Läuten die Sekretärin meldete.

«Klein hier, geben Sie mir Frau de Siebenthal bitte.»

«Frau de Siebenthal befindet sich mitten in einer Besprechung. Kann ich etwas ausrichten?»

«Ich brauche sie sofort am Apparat. Hören Sie? So-fort.»

«Aber wie ich Ihnen schon gesagt habe, Herr ...»

«Gabriel Klein. Es geht um Leben und Tod. Holen Sie sie aus der Besprechung.»

«Um Leben und Tod?»

«Ja.»

Léonie de Siebenthal war zwar Wirtschaftsanwältin, aber sie war die einzige Juristin, die Klein einfiel, wenn er an die Lage seiner Frau dachte. Rivka und sie waren Jugendfreundinnen gewesen, Léonies Vater Staatssekretär im Bundesamt für Wirtschaft, Abkömmling einer alten Waadtländer Familie mit einem Weingut irgendwo oberhalb von Gland, während Rivkas Vater, jüdischer Flüchtling aus Rumänien, in einer kleinen Chemiefirma arbeitete. Doch trotz dieses Herkunfts- und, man durfte wohl sagen: Standesunterschieds war Léonie die einzige nichtjüdische Schulkollegin gewesen, die Rivka zuweilen zu sich nach Hause eingeladen hatte. Als Léonie später Anwältin wurde und nach Zürich zog, hatten sie den Kontakt wieder aufgewärmt, und inzwischen war Léonie immer wieder ein gern gesehener Gast bei Kleins zu Hause, dafür lud sie zuweilen die Kinder in den Zirkus oder zu sonstigen Veranstaltungen ein.

In der Leitung erklang jetzt Léonies Berner Dialekt, in dem fast unhörbar noch der französische Akzent ihrer Muttersprache mitschwang.

«Gabriel?»

«Ja, ich bin es.»

«Du sagst, es geht um Leben und Tod? Was ist denn los? Ich bin in einer Besprechung mit unseren besten Kunden.»

«Rivka ist am Flughafen verhaftet worden. Sie steht unter Mordverdacht. Nun bringt man sie auf die Hauptwache. Du musst sie sofort rausholen. Frag mich nicht mehr, ich weiß nichts. Am Mittwoch soll sie eine Frau auf die Geleise gestoßen haben. Im Bahnhof Enge.»

Léonie, die zu den ruhigsten Menschen gehörte, die Klein kannte, klang vollkommen durcheinander. «Bahnhof Enge? Da habe ich was gelesen. Aber was hat Rivka damit zu tun? Und wieso war sie am Flughafen?»

«Sie kam von einer Familienfeier in London zurück. Ich habe keine Ahnung, was sie damit zu tun hat. Ich flehe dich nur an: Geh hin.»

«Ja, natürlich. Die Besprechung sollte in einer Stunde zu Ende sein.»

«Nein. Die Besprechung ist jetzt zu Ende.»

«Das kann ich nicht machen, Gabriel. Nebenan im Sitzungsraum sitzt unser bester Klient.»

Klein äffte sie nach: «Unser bester Klient, unser bester Klient! Meine Frau steht unter Mordverdacht, und du gehst schön weiter deinen Prioritäten nach. Erst die Millionen, dann die liebe Rivka. So läuft das nicht. Ich finde schon jemand anderen.»

«Nein, warte», rief Léonie. «Ich richte es ein. Es geht schließlich um Leben und Tod – wenn man so will.»

«Meine Worte», sagte Klein und legte auf.

Klein kam zum Schluss, dass er heute Nachmittag nicht mehr viel für Rivka tun konnte. Er war so ratlos und schockiert wie zuvor, aber es brachte einfach nichts, jetzt herumzusitzen und zu grübeln. Der Ball lag nun bei Léonie.

Aber arbeiten konnte er auch nicht, dafür hatte er nicht den Kopf frei. Er rief Frau Wild an, um den einen Termin, den er heute noch gehabt hätte, abzusagen. Sie berichtete, dass sich Frau Scheurer gemeldet habe. Normalerweise hätte sich Klein darüber geärgert, dass sie ihm zuvorgekommen war. In dieser Situation war es ihm egal. Er würde sie in den nächsten Tagen zurückrufen.

Und sonst?

«Denken Sie daran, dass die Anmeldefrist für das europäische Rabbinertreffen in Straßburg ausläuft. Sie haben noch nicht entschieden, ob Sie hingehen.»

Klein mochte diese Rabbinertreffen fast ebenso wenig wie die interreligiösen Sitzungen. Meist viel Gerede ohne Ergebnis. Er hatte den Entscheid aus Unlust hinausgeschoben. Aber nicht hingehen war unmöglich. Hier wurden Koalitionen geschmiedet und gemeinsame Positionen erarbeitet. Klein hielt sich aus der Politik gerne heraus. Die beste Voraussetzung, das zu können, war dorthin zu gehen, wo die Politik gemacht wurde. Er wies Frau Wild an, ihn anzumelden.

Als gegen drei Uhr seine Schwiegereltern aus dem Mittagsschlaf erwachten und ihn baten, sie nach Bern zu fahren, stimmte er erleichtert zu. Die Fahrt verlief in großem Schweigen, sie alle hingen ihren Gedanken nach, und alle ihre Gedanken drehten sich um Rivka.

Als Klein etwa vier Stunden später wieder heimkam, saßen im Esszimmer Léonie und Rivka bei einer Flasche Wein.

«Du bist wieder da – Gott sei Dank!» Klein umfasste Rivka von hinten, küsste sie auf die Wange. Sie berührte sanft seinen Arm, löste ihn dann aber von ihrem Körper und sagte leise: «Die Mädchen wissen von nichts.»

«Wo sind sie denn?»

«In ihren Zimmern am Arbeiten oder an sonst was. Ich habe ihnen gesagt, wir brauchen einen Moment Ruhe. Nicht fair, wenn man vier Tage weg war, ich weiß. Aber ich muss mich einen Moment sammeln.»

Klein schloss die Esszimmertür. Erst jetzt fiel ihm auf, wie mitgenommen seine Frau aussah. Sie schien auch geweint zu haben, nicht gerade eben, aber in den vergangenen Stunden.

«Immerhin», meinte Klein, indem er sich ebenfalls an den Tisch setzte, «hat sich die Sache offensichtlich geklärt.» Er schaute dankbar zu Léonie, sein Blick verbarg nicht das schlechte Gewissen, dass er sie am Nachmittag so unter Druck gesetzt hatte. Léonie, immer noch im eleganten Kostüm, löste ihren Haarknoten auf und wiegte in ihrer unaufgeregten Art den Kopf. «Naja, geklärt ist anders.»

«Was soll das heißen? Was ist überhaupt geschehen? Wie kam die Polizei überhaupt auf diesen absurden Verdacht?»

Rivka atmete durch, sie warf einen hilfesuchenden Blick zu Léonie. «Ich habe das alles in den letzten paar Stunden hundertmal durchgekaut. Inzwischen habe ich ein vollständiges Durcheinander im Kopf. Könntest du es Gabriel erzählen?»

«Offenbar», begann Léonie ohne weitere Umschweife, «hat Carmen Singer Rivka abgepasst, als sie am Mittwoch nach dem Unterricht noch einen Tee im Café Siena trinken wollte.»

«Das mach ich ja jeden Mittwoch. Immer am Zweiertisch ganz hinten im Eck am Fenster», ergänzte Rivka. Das *Siena* war das Café an der Ecke Lavater- und General-Wille-Strasse, wenige Meter vom Gemeindezentrum der Cultusgemeinde. Kein besonders attraktives Lokal, aber günstiger als das gegenüber liegende, gestylte *Windsor* und für gestresste Geschäftsleute oder Passanten, die nur kurz etwas trinken wollten, eine gute Anlaufstelle. In den letzten Jahren hatte die Qualität der Lage allerdings durch den verrottenden Enge-Markt gegenüber, dann durch die Riesenbaustelle am selben Ort, wo ein Fußballmuseum entstehen sollte, etwas gelitten.

«Ich wollte zuerst gar nicht rein bei dieser Hundekälte, die wir letzte Woche hatten. Wieder den Mantel ausziehen und in die Wärme, dann nochmals in die Kälte, das schien mir unsinnig. Dazu saßen Mama und Papa bei uns zu Hause, die letzten Vorbereitungen für die Reise mussten getroffen werden. Es war völlig sinnlos, da noch ins *Siena* zu gehen.»

«Aber du hast es gemacht», sagte Klein.

«Genau.»

«Um Carmen zu treffen?»

«Um Gottes willen. Ich hatte doch keine Ahnung, dass Carmen überhaupt dort war. Ist sie sonst nie. Aber irgendwie musste sie wissen, dass sie mich dort treffen könnte.

Nein, ich bin ins *Siena* gegangen und habe mich an diesen blöden Tisch in der Ecke gesetzt, weil man Dinge aus Gewohnheit tut, obwohl sie gar nicht passen. Als hätte man Angst, gegen eine Gewohnheit zu verstoßen.»

«Schön, und dann?»

«Erzähl du weiter», sagte Rivka zu Léonie. Die Wiedergabe der Ereignisse wurde dadurch erschwert, dass sie einerseits darauf Wert legte, selber nicht mehr über die Sache zu reden, Léonie aber dauernd unterbrach, um zu ergänzen oder zu korrigieren. Nach und nach erfuhr Klein Folgendes:

Als Rivka sich im *Siena* hingesetzt hatte, dauerte es keine Minute, und Carmen, die sie zuvor gar nicht bemerkt hatte, kam von irgendwoher zu ihrem Tisch und setzte sich ihr gegenüber. Sie erklärte, dass sie weit davon entfernt sei zu glauben, die Sache zwischen Klein und ihr sei vorbei. Es sei ihr aber auch klar, dass Klein wohl fürchte, seine Stelle zu verlieren, wenn er sich offen zu seiner Liebe bekennen würde. Rivkas Befürchtungen, Carmens Zurückhaltung sei nur vorübergehend, fanden sich aufs schlimmste bestätigt. Carmen fuhr nun fort und sagte, bald bräuche Gabriel sich keine Sorgen mehr um seinen Job zu machen, sie würde für ihn sorgen. Sie wolle Rivka nur darauf vorbereiten, dass er sie wohl bald verlassen werde. Obwohl Rivka sofort den Vorsatz gefasst hatte, Carmens Gerede an sich abprallen zu lassen, ließ sie sich am Ende doch von ihrer Unverfrorenheit provozieren und meinte, Carmen solle sich zum Teufel scheren. Das hatte Carmen mit einem, wie Klein nun geschildert wurde, boshaften Lachen quittiert und erwidert, wenn Rivka sich widersetze, besitze sie auch noch andere Mittel, um sich und Klein zu ihrem Glück zu verhelfen, und als Rivka sie daraufhin verständnislos anschaute, ergänzte sie süffisant: «Du willst doch nicht riskieren, dass deine Kinder für deine Sturheit bezahlen, oder? Wenn sie über die Strasse gehen oder so, meine ich.»

«Sie hat dir gedroht, die Mädchen zu überfahren?»

«Klingt unglaublich, oder?»

«Oder vielleicht auch nicht», meinte Klein. «Ich habe bei dem, was ich über Stalking gelesen habe, verstanden, dass Stalker es oft instinktiv verstehen, ihre Opfer und auch deren Familie genau dort zu treffen, wo sie am empfindlichsten sind.»

Jedenfalls hatte Rivka für einen Augenblick die Contenance verloren und ihr offenbar so vernehmlich, dass sich einige Köpfe nach ihr umdrehten, gesagt, dem wisse sie zuvorzukommen. «Bevor einer meiner Töchter ein Haar gekrümmt wird, findest du dich auf dem Friedhof wieder.» Oder etwas in der Art. So jedenfalls hatte es die Zeugin, die nachher auf der Polizei gegen sie aussagte, wiedergegeben.

So liebenswürdig, so sanft, so einfühlsam Rivka war – solche Ausbrüche waren ihr zuzutrauen, wenn man sie aufs Blut reizte, und sie bestritt auch gar nicht, das gesagt zu haben.

«Und eine halbe Stunde später war Carmen tot», resümierte Klein.

«Fünfzehn Minuten später», korrigierte Léonie sachlich.

Carmen hatte kurz darauf das Café verlassen, und Rivka war ebenfalls wenig später gegangen. Die Zeugin hatte sie in Richtung Tessinerplatz und Bahnhof Enge davongehen sehen. Rivka trug ihren eleganten schwarzen Kapuzenmantel.

«Wer ist denn diese Zeugin?», wollte Klein wissen.

«Die Besitzerin des Cafés. Eine Frau Lombroso.»

«Die kennt dich mit Namen?», fragte Klein Rivka.

Rivka zuckte mit den Schultern. «Offenbar. Ich habe

mich ihr zwar nie vorgestellt. Aber vielleicht hat ihr ja jemand anders mal meinen Namen verraten. Ich glaube auch, dass sie gar nicht in der Nähe stand, als ich mich mit Carmen stritt. Als Carmen sie rief, um zu zahlen, kam sie vom Tresen am anderen Ende des Raums.

Rivka war danach tatsächlich zum Bahnhof Enge gegangen. Sie hatte dort beim Geldautomaten dreihundert Franken gezogen. Sogar eine Quittung hatte sie drucken lassen. Als sie der Kommissarin die Quittung zeigte, hatte diese gesagt: «Also, das Geld haben Sie um sechzehn Uhr achtundvierzig herausgelassen, um sechzehn Uhr zweiundfünfzig fuhr der Zug ein, der Carmen Singer zweihundert Meter vom Geldautomaten entfernt tötete. Sieht nicht so gut aus.»

«Aber wieso solltest du denn Geld rauslassen vor einem Mord, den du ja in voller Wut begangen haben müsstest?»

«Das hat mir Frau Bänziger nicht erklären können», meinte Rivka empört. «Die nervt überhaupt, deine Frau Bänziger.»

«Meine Frau Bänziger?»

«Ja, wegen dir hat sie doch überhaupt gewusst, dass ich am Montag von London komme. Die brauchte nur noch die Passagierlisten der ankommenden Flieger zu prüfen und konnte mich schön am Flughafen pflücken. Was redest du denn mit der über mich?»

«Das war reiner Smalltalk bei einer zufälligen Begegnung. Konnte ich wissen, dass gegen dich wegen Mordes ermittelt wird?»

Léonie versuchte die beiden zu beruhigen. Aber Klein ärgerte sich, dass nun auch noch ihm Vorwürfe gemacht wurden. «Du hast mir ja noch nicht einmal etwas erzählt von dieser Begegnung mit Carmen, als ich am Mittwochabend heimkam. Nur eine miese Laune hattest du, das habe ich bemerkt.»

«Und du? Du hast mir noch nicht mal erzählt, dass Carmen tot ist. Ich komme in diesem verdammten Flughafen an und werde festgenommen, vor meinen armen Eltern, vor allen Leuten, die da an der Passkontrolle stehen. Wie eine Schwerkriminelle.»

«Ich wollte dir mit diesem Dreck nicht deinen Aufenthalt in London verderben.»

«Ja, und ich, ich wollte den Herrn Rabbiner schonen am Mittwochabend, damit er sich nicht aufregt über diese widerliche Begegnung.»

«Ich habe nur gemerkt, dass du in einer miserablen Laune warst», wiederholte Klein stur.

«Das bin ich jetzt auch, kann ich dir sagen!»

«So, mir reicht's», sagte Léonie in aller Ruhe und Entschlossenheit und stand auf. «Anschreien könnt ihr einander auch ohne mich.»

Schlagartig beruhigten sie sich und versuchten die Anwältin zum Bleiben zu überreden, wollten ihr noch ein Glas Wein einschenken. Aber Léonie funktionierte nicht so. Wenn sie beschlossen hatte zu gehen, dann ging sie. Zum Abschied wollte sie Klein nur noch über die rechtliche Situation aufklären. Es sei ihr zwar gelungen, eine Untersuchungshaft für Rivka zu vermeiden. Aber Rivkas Pass sei vorläufig eingezogen worden, sie müsse sich zur weiteren Verfügung halten. «Aus dem Schneider ist Rivka noch lange nicht.»

Später, als sie im Bett lagen, schmiegte sich Klein an Rivka, streichelte ihre nackte Schulter und zog sachte den Träger ihres Nachthemds herunter.

«Lass», sagte sie.

Das hatte er nicht vor. Soweit er wusste, würde sie bald ihre Tage haben, dann herrschte nach dem jüdischen Gesetz wieder eine eine Pause von zwölf Tagen. Seine Hände tasteten sich weiter, die bekannten und immer wieder neu erregenden Rundungen ihrer Brust entlang, fuhren sanft über ihre Brustspitze.

«Lass», sagte sie energischer, packte ihre Decke und hüllte sich ein.

«Ich liebe dich.»

«Schön für dich.»

«Ich begehre dich.»

«Schlecht für dich.»

«Nicht unbedingt.» Er versuchte unter der Decke hindurch nach ihr zu greifen.

Sie zog die Decke noch eine Spur straffer um ihren Körper. «Stell dir einfach vor, ich säße im Gefängnis. Dann könntest du mich jetzt auch nicht betatschen.»

«Betatschen?» Klein war gekränkt, drehte sich um und schloss die Augen. Rivka wusste, dass er nicht schlief.

Nach einigen Minuten spürte er, wie ihre Hand sich unter sein Pyjama tastete. Er legte sich auf den Rücken, damit sie seine Brust fand.

«Danke, übrigens», murmelte Rivka, «dass du mir Léonie geschickt hast. Sonst säße ich nun wohl wirklich in einer Gefängniszelle.» Ihre Hand bewegte sich hinunter, zog an seiner Hose. Er wartete etwas, bevor auch er sie wieder zu streicheln begann und sie küsste, auf den Mund, den Hals, feuchte, sehnsüchtige, erlösende Küsse, bis sie zueinander, ineinander fanden und einer den anderen empfing. Sie umklammerten sich, zuckend, eruptiv, als seien sie erschrocken, wie sehr ihre Körper einander gefehlt hatten.

Rivka, so besorgt und nervös sie den Abend hindurch gewesen war, schlief bald ein. Doch in Klein arbeiteten tausend Fragen. Manchen konnte er versuchen zu folgen, eine erschien ihm undurchdringlich und kaum beantwortbar: Weshalb hatte Carmen davon gesprochen, er brauche sich keine Sorgen um seine Stelle zu machen, weil sie für ihn sorgen würde? Kurz nachdem sie von Lerchenwald Frères auf die Straße gesetzt worden war?

8

Liebe Elisabeth,
heute Nacht träumte ich, wir hätten einen fürchterlichen Streit gehabt. Wir saßen in einem Kaffeehaus, es sah aus wie eine Mischung aus dem Griensteidl und dem Central. Wir haben ja kaum je gemeinsam ein Kaffeehaus besucht, das war Juden ja schon vor unserer Hochzeit nicht mehr möglich.
Aber im Traum sitzt Du vor mir, einen Einspänner und eine Mehlspeise vor Dir, während ich auf meinem Teller einen alten Schuh habe, und ich sage irgendetwas à la: Nur ablaufen tu ich mir die Füß für Dich, und Du weißt nichts Gescheiteres zu tun, als dem Ober nachzuschauen, und Du hast Deinen Einspänner genommen und einfach das Glas umgedreht, so dass sich alles auf das Tischtuch ergoss, ein kleiner zerfließender Hügel Schlagobers unter Bächen von heißem schwarzen Kaffee. Da bin ich aufgewacht.
Weißt Du, dass wir nie gestritten haben? Das ist mir nach dem Aufwachen, als ich realisierte, dass es ein Traum war, als Erstes eingefallen. Vielleicht, weil wir keinen Grund hatten und uns so nah waren. Vielleicht, weil wir es uns nicht leisten konnten. Wie gerne würde ich das, zumindest das, noch nachholen können mir Dir: einen richtigen Streit!
In grenzenloser Liebe
Dein H.

Klein hatte sich in den kleinen verglasten Leseraum der Bibliothek verkrochen. In einigen Tagen wurde das Gutachten fällig, das er der Gemeinde zur Zukunft des Friedhofs liefern sollte. Denn dieser würde in einigen Jahren voll sein, und da jüdische Gräber niemals ausgehoben werden und keine Kremationen vorgenommen werden dürfen, gab es nur zwei Alternativen: Entweder man suchte und kaufte neuen Grund und Boden, der in dieser Größe im Umfeld von Zürich nur schwer zu kriegen war, oder man verwandelte bestehende Gräber in Etagengräber mit mehreren Toten übereinander. Dagegen sprach eigentlich nichts, so etwas gab es auf jüdischen Friedhöfen andernorts ebenfalls, und vor allem in Israel, wo die Friedhöfe ins Unermessliche zu wachsen drohten, wurde mit dieser Idee gespielt.

In der Gemeinde war Widerstand dagegen aufgekommen. Manche Mitglieder fanden es pietätlos, Tote übereinander zu stapeln, das hässliche Wort «Massengrab» war gefallen. Andere empörten sich darüber, dass man erwog, Millionen für ein neues Gelände für die Toten aufzuwenden, während bei dringenden Anliegen der Lebenden angeblich gespart werden musste. Der Vorstand favorisierte die Etagengräber, und so war der Begriff «Gutachten», wie Klein wusste, eigentlich eine Schönfärberei. Er hatte die Aufgabe zu erklären, wie und weshalb ein Etagengrab eine ideale Lösung wäre. Klein kannte die Gemeinde gut genug, um zu wissen, dass Vorstände sich immer gerne pragmatisch gaben, ohne ihre Ziele ganz durchzudenken.

«Sie sollen hundertzwanzig Jahre alt werden, aber wäre es für Sie kein Problem, in einem Etagengrab zu liegen?», hatte er Tobias Salomon, dem neben der Synagoge auch das Ressort Friedhof unterstand, vor ein paar Wochen gefragt. «Aufgestapelt zwischen irgendwelchen zwei Leuten, die grad vor oder nach Ihnen verstorben sind?»

Salomon hatte ihn irritiert angeschaut. «Also, vielleicht schon irgendwie in Familiengräbern stelle ich mir das vor.»

Klein hatte genickt und angefügt: «Aber wer keine Familie hat, für den stimmt das dann auch anders, oder?»

«Jeder hat irgendeine Familie», hatte Salomon indigniert geantwortet und war davongestapft.

Als er an diese Szene dachte, kam Klein zum Schluss, dass Salomons Autoritätsgehabe wegen der Schabbatpredigt von letzter Woche vielleicht ein Versuch war, den unglaublich blöden Eindruck, den er damals hinterlassen hatte, zu kompensieren.

Klein hatte also zunächst im Internet recherchiert, dann wühlte er sich in die gar nicht so umfangreiche Literatur, die es zu diesem Thema gab. Je länger er an seiner Aufgabe saß, desto mehr begann es ihm Spaß zu machen, sich endlich wieder, wie in besten Studienzeiten, in eine Materie zu vertiefen, Feinheiten aus Texten herauszulesen, Begründungszusammenhänge zu erstellen, sie historisch zu verorten. Leise in sich hineinlächelnd dachte er an die Stelle aus dem dritten Kapitel des Buchs Kohelet: «Der Platz des Rechts, dort waltet die Bosheit.» Ein berühmter jüdischer Interpret hatte geschrieben: «Wo die Gelehrten das Recht in seine Bestandteile zerschneiden, dort herrscht Bosheit.» Es war selbstkritisch und vielleicht auch ein bisschen ironisch gemeint. Genau so, bösartig das Gesetz zurechtschneidend, kam sich Klein bei der Erfüllung seines Auftrags vor, und er genoss es in vollen Zügen. Beinahe mürrisch quittierte er die freundliche Frage der Bibliothekarin, die in den Glaskasten hineinschaute, ob sie ihm einen Kaffee bringen solle.

Am Mittag holte er sich im Gemeinderestaurant ein Sandwich, arbeitete kauend weiter, und als er schließlich seinen Text durchlas, der, fußend auf einem guten Dutzend halachischer und historischer Quellen, ganz im Sinne des Vorstands verfasst war, ohne leise Untertöne möglicher Bedenken auszulassen, hatte er seit langer Zeit wieder einmal das Gefühl, wirklich einen Tag lang durchgearbeitet zu haben. Der Großteil seiner Arbeit war aufgeteilt zwischen Treffen, Sitzungen, Mails, Unterricht, Seelsorge, dem Schreiben von Predigten und dem anderen, was sich eben Alltag nannte. Oft war er am Abend erledigt, ohne eigentlich das Gefühl zu haben, wirklich etwas getan oder erreicht zu haben. Heute war das anders. Er hatte gleich um acht Uhr morgens seine wichtigsten Telefonate gemacht und dann den ganzen Tag konzentriert und für Anrufe unerreichbar gearbeitet. Morgen würde Julia Scheurer kommen, heute Nachmittag um viertel vor fünf hatte er einen Termin bei Karin Bänziger bekommen.

Viertel vor fünf?

Klein schaute entsetzt auf die Uhr. Das war in zehn Minuten! Die Begeisterung über den konzentrierten Arbeitstag schlug in wilde Aufregung um. Er schlug den Laptop zu und klemmte ihn unter den Arm. «Muss weg», rief er der verdutzten Bibliothekarin zu, der er einen Haufen aufgeschlagener Bücher hinterließ, ohne zu sagen, ob sie liegen gelassen oder weggeräumt werden sollten.

Um zehn vor fünf stand Klein keuchend vor dem Büro 319 auf der Hauptwache beim Stadthausquai und klopfte. Er hörte Frau Bänzigers vertraute Stimme «Herein» rufen und öffnete. Sie saß an ihrem Schreibtisch, studierte Akten und tunkte nebenbei sorgfältig eine Madeleine in einen Tee Crème, ließ sie abtropfen und biss hinein. Klein entschuldigte sich umständlich für die Verspätung, sie winkte mit vollem Mund ab. Ihr Assistent war nicht da, sie konnten unter vier Augen sprechen.

«Tee? Das Wasser ist noch heiß.»

«Danke, nein.»

Sie setzten sich an den Besprechungstisch. Klein wusste, dass er ihr die Eröffnung des Gesprächs überlassen musste. Sie fiel so aus, wie er sie sich vorgestellt hatte.

«Das tue ich normalerweise nicht, dass ich die Ehegatten von Verdächtigen zu einem Klärungsgespräch treffe.»

«Ich danke Ihnen dafür auch besonders.»

«Ich werde Ihnen auch nicht mehr sagen können, als ich Ihrer Frau gesagt habe.»

«Ich weiß.»

«Übrigens haben Sie mir auch etwas verschwiegen, Herr Rabbiner. Sie hatten mir letzten Freitag, als wir uns in der Stadt trafen, gesagt, Sie hätten nur lose mit Carmen Singer zu tun gehabt. Wie ich Ihre Frau verstanden habe, war das anders. Sie hat Sie gestalkt.»

«Sie hatten gefragt, ob wir befreundet seien. Das konnte ich getrost verneinen.»

«Wie dem auch sei – was wollen Sie wissen, Herr Rabbiner?»

«Ich möchte einfach fragen, wie das alles hier eigentlich vor sich gegangen ist. Sie haben sich am Freitag bei unserem Treffen bedeckt gehalten, aber ich war ziemlich sicher, dass sie einen Mord als Ursache von Carmen Singers Tod vermuteten. Dann am Nachmittag war die Beerdigung. Dort waren Sie aber nicht, obwohl ich Sie erwartet hätte.»

«Sie hatten mich erwartet?» Frau Bänziger wirkte echt erstaunt.

«Bei der Beerdigung damals, als Berger erschlagen worden war, sagten Sie, dass die Chance groß ist, den Mörder an der Beerdigung zu treffen.»

«Sie haben offenbar meine Äußerungen am Freitag überinterpretiert. Am Freitag suchten wir noch keinen Mörder.»

«Offiziell nicht.»

Frau Bänziger wirkte leicht genervt, weil er so insistierte. «Ich möchte Ihnen etwas zeigen», sagte sie, holte ihren Laptop vom Schreibtisch und klickte eine Datei an. Es war die Aufnahme jener Kamera, die am Mittwochabend im Bahnhof Enge gelaufen war. Man sah zunächst eine normale Bahnsteigsituation, Leute, die dastanden, froren, miteinander schwatzten, auf ihr Smartphone starrten. «Schauen Sie, da», sagte Frau Bänziger und zeigte auf die Gestalt im schwarzen Mantel mit hochgezogener Kapuze, die von rechts ins Bild trat, gemessenen Schrittes durchs Bild ging und links verschwand. Klein meinte darin jene Person zu erkennen, die auf dem Foto im Internet rot eingekreist gewesen war. Wenige Sekunden später brauste ein Zug durchs Bild, bei den Leuten auf dem Bahnsteig entstand kurz darauf eine unbestimmte Aufregung, die meisten entfernten sich in irgendeiner Richtung aus dem Bild, der Zug kam langsam zum Stehen.

«Was machen Sie mit einer solchen Aufnahme als einzigem Hinweismaterial, Herr Rabbiner? Suchen Sie einen Mörder? Gibt es, wenn Sie sonst keinerlei Indizien oder Zeugenaussagen haben, irgendeinen Anlass, einen Mörder zu suchen? Sie haben meine Aussagen am Freitag fehlinterpretiert.»

«Und keine Zeugenaussagen? Bei all den Leuten?»

«Das Opfer stand etwas abseits, manche haben Frau Singer vielleicht wegen der Stahlpfeiler nicht gesehen, und schauen Sie, die Leute hier starren vor sich hin oder surfen im Internet oder reden miteinander, versuchen sich von der Kälte abzulenken. Einzelne wollen vielleicht nichts damit zu tun haben und melden sich nicht. Keine Zeugenaussage. Bis am Samstagmittag. Da hat sich plötzlich jemand gemeldet. Das hat den Ermittlungsstand massiv verändert.»

«Samstagmittag ist etwas spät für eine Zeugenaussage, finden Sie nicht? Für ein Verbrechen, das am Mittwoch geschah?»

«Ja, aber umso glaubwürdiger. Die Zeugin ist eine Frau aus Westafrika, die hier als Papierlose lebt. Illegal. Sie putzt in ein paar Haushalten in Zürich und hat ein kleines Zimmer in Horgen. So jemand hat allen Grund, nicht mit der Polizei in Kontakt zu treten. Am Samstag hat sie sich gemeldet und gesagt, dass sie seit dem Mittwoch nicht mehr schlafen könne, weil sie das Gewissen plage. Sie sei Zeugin eines Verbrechens geworden und habe geschwiegen, aus Angst. Doch sie könne mit dieser Belastung nicht länger leben. Deshalb riskierte sie den Gang auf die Polizei, um ihr Gewissen zu erleichtern.»

«Und was hat diese Zeugin gesehen?»

«Eigentlich nur die Fortsetzung dessen, was wir auf dieser Videoaufnahme sehen. Die Person mit dem schwarzen Mantel, offenbar eine Frau, geht weiter, bleibt dann einen Moment stehen, fixiert jemanden, möglicherweise Carmen Singer. Gleichzeitig kündigt der Lautsprecher auf dem Perron eine Zugdurchfahrt an. Als der Zug kommt, ist die verdächtige Person blitzschnell bei Carmen, versetzt ihr von schräg hinten einen Stoß, und noch bevor der Zug über Carmen hinwegdonnert, ist die verdächtige Person weg. Sie wissen vielleicht, dass es vorn am Bahnsteig eine kleine Treppe direkt zur Seestrasse hin gibt. Dort springt sie hinauf und ist verschwunden.»

«Und das Gesicht hat diese Zeugin nicht erkannt? Ob sie alt war oder jung?»

«Sie hat sie nur von hinten und von der Seite gesehen. Nur eine Kapuze.»

Klein kratzte sich am Hinterkopf. «Und dann meldet sich plötzlich Frau Lombroso vom Café Siena.»

«Wir haben die Medien informiert, dass es sich offensichtlich um einen Mord handelt. Deshalb haben wir ein Bild der Toten publiziert und Zeugen aufgefordert, sich zu melden. Am Sonntagmittag hat Frau Lombroso angerufen und von dem Streit im Café berichtet, den die beiden kurz vorher hatten. Der Kollege vom Wochenenddienst hat mich extra angerufen, damit ich sie vernehmen konnte. Was sie mir erzählt hat, ist Ihnen wahrscheinlich aus dem Bericht Ihrer Frau bekannt. Wussten Sie von der Auseinandersetzung zwischen Ihrer Frau und Frau Singer eigentlich nichts, als wir uns im Buchladen trafen?»

«Nein. Sie hat mir über die Begegnung vor ihrer Abfahrt nichts erzählt.»

«Aha», sagte Frau Bänziger und machte sich plötzlich eine Notiz.

Klein spürte eine leichte Verzweiflung in sich aufkommen. «Jetzt sagen Sie mir ehrlich, ob Sie es für realistisch halten, dass meine Frau diese Tat begangen hat.»

Frau Bänziger sah ihn schweigend an. «Ich weiß es nicht», meinte sie schließlich.

«Das reicht nicht für ein Verfahren, denke ich.»

«Vielleicht ja, vielleicht nicht. Es ist, in der Kombination aller Elemente, eher wahrscheinlich. Ihre Frau hat ein Motiv. Sie bedroht jemanden, der einige Minuten später tot ist. Sie verlässt nach dieser Person das Café und folgt ihr. Ein Beleg vom Bankomaten, mit dem sie sich entlasten will, bestätigt eher noch, dass sie sich unmittelbar vor dem Mord auf demselben Bahnsteig aufgehalten hat. Der Bankomat liegt auf derselben Seite des Bahnhofs, und er liegt in der Richtung, aus der die Person im schwarzen Mantel kommt. Dieser Mantel sieht aus wie der Mantel Ihrer Frau.»

Klein dachte darüber nach und sagte dann: «Dieser Mantel sieht aus wie der Mantel, den diese Saison anscheinend viele der besseren Damen in Zürich tragen. Gibt es eigentlich noch andere Zeugen aus dem Café Siena, die Frau Lombrosos Aussage bestätigen?»

«Wir konnten keine ermitteln. Frau Lombroso selbst kannte die anderen Gäste im Lokal nicht.»

«Sie kannte von allen Gästen im Lokal nur meine Frau?»

«Offenbar. Die sitzt ja fast jede Woche einmal dort. Hat sie selbst bestätigt.»

«Und alle anderen Gäste saßen zum ersten Mal dort?»

«Jedenfalls konnte die Besitzerin niemanden identifizieren.»

«Und woher kennt sie den Namen meiner Frau?»

«Jemand habe ihr einmal gesagt, das sei die Frau des Rabbiners Klein. So sagt sie. Sie kann aber nicht rekonstruieren, wer das war. Aber dadurch, dass Ihre Frau die Aussage über den Streit im Wesentlichen bestätigt, ist auch die Aussage von Frau Lombroso glaubhaft.»

«Meine Frau meint, dass Frau Lombroso kaum verstanden haben könne, was sie gesagt hat. Sie befand sich am anderen Ende des Raums, als der Streit mit Frau Singer stattfand.»

«Das ist eine Behauptung, die sie nicht beweisen kann. Frau Lombroso sagt, sie habe in der Nähe gestanden. Und Fakt ist, dass die Aussagen bezüglich des Streits übereinstimmen.»

«Darf ich den Video-Ausschnitt nochmals sehen?», fragte Klein.

«Bitte sehr.» Frau Bänziger ließ die kurze Sequenz ablaufen.

Klein sah den Film aufmerksam an, eine halbe Minute lang schwieg er. Die Kommissarin sah ihn von der Seite skeptisch an. «Und? Führt Sie das zu neuen Erkenntnissen?»

«Ja», meinte Klein schließlich. «Zunächst: Die Person auf der Aufnahme scheint niemanden zu suchen. Sie geht nicht auf den Bahnsteig, um Carmen zu töten. Sie weiß auch nicht, dass ein Intercity vorbeibrausen wird. Sie geht auf den Bahnsteig, weil sie womöglich selbst in die S-Bahn nach Kilchberg oder Rüschlikon oder Horgen muss. Später, als sie schon aus dem Bild getreten ist, hat sie dann offenbar Carmen gesehen und das Verbrechen verübt. Das sagt ja auch diese Afrikanerin. Aber meine Frau hatte überhaupt keinen Grund, auf diesen Bahnsteig zu gehen. Sie wollte nicht auf den Zug, der nach Rüschlikon fährt, sie wollte aufs Tram, das stadteinwärts fährt.»

«Das klingt plausibel», sagte Frau Bänziger. «Aber es könnte theoretisch auch sein, dass Ihre Frau Carmen Singer verfolgt und gesehen hat, dass sie auf den Bahnsteig geht. Es ist bereits angezeigt, dass der Zug nach Rüschlikon ein paar Minuten Verspätung hat, also weiß sie, dass sie zuerst noch Geld abheben kann. Dann geht sie gemütlich auf den Bahnsteig zurück. Stimmt, sie weiß zu diesem Zeitpunkt nicht, dass der Intercity kommt. Vielleicht will sie sie auch vor die S-Bahn werfen. Vielleicht hat sie überhaupt keine Mordabsicht und will Carmen einfach nicht so entkommen lassen. Doch dann wird der durchfahrende Zug angekündigt, sie sieht Carmen da stehen, und in einer Zehntelsekunde beschließt sie, ihre Chance zu nutzen.»

Klein fuhr sich nervös durchs Haar. «Ich halte diese Theorie für vollkommen unwahrscheinlich. Abgesehen davon: Meine Frau hatte sicher irgendeine Tasche dabei. Wenn sie, wie an diesem Nachmittag, unterrichtet, trägt sie in der Regel einen grauen Rucksack bei sich, in dem ihre Unterlagen stecken. Wo sehen Sie so etwas bei der Person auf dem Video?»

«Von dem Rucksack hat ihre Frau auch gesprochen. Aber sie kann nicht beweisen, dass sie ihn dabei hatte, als sie in den Bahnhof ging, das ist das Problem.»

«Und Frau Lombroso? Sagt nichts über einen Rucksack?»

«Sie kann sich nicht erinnern, ob Ihre Frau eine Tasche dabei hatte.»

«Aber die Schüler, die sie unterrichtet hat, die müssten sich doch an diesen Rucksack erinnern.»

«Ja, aber selbst wenn sie ihn bestätigen würden – was ist zwischen dem Unterricht, dem *Siena* und dem Bahnhof Enge passiert? Da verliert sich irgendwo die Spur.»

«Welche Spur denn? Von welcher Spur reden Sie?»

Frau Bänziger schaute Klein an, ihr Gesichtsausdruck wurde etwas sanfter und ihre Stimme beruhigender. «Natürlich lässt sich aus den vorliegenden Aussagen und Indizien noch nichts gegen ihre Frau beweisen. Nach wie vor gilt die Unschuldsvermutung.»

«Unschuldsvermutung», seufzte Klein und erhob sich. «Wenn dieses Wort verwendet wird, steckt man schon ziemlich tief im Dreck.»

Er schaffte es noch zum Abendgebet in die Synagoge, wo erst mit einigen Minuten Verspätung der zehnte Mann ankam, so dass sie den Gottesdienst beginnen konnten. Danach trat der sonst wortkarge Sigi Wechsler in seltsamer Vertraulichkeit an ihn heran und fragte, ob zu Hause alles in Ordnung sei. Klein nickte irritiert und fragte zurück, ob es für diese Frage einen besonderen Anlass gebe. Wechsler winkte ab, nein, es sei nur eine Nachfrage aus Interesse.

Zu Hause erfuhr Klein aber mehr. Schon als er in der Tür stand, rannte ihm Rina in großer Aufregung entgegen und erzählte, in der Schule rede man darüber, dass Mami gestern am Flughafen von Polizisten abgeführt worden sei. Hinter Rina tauchte Rivka auf und schüttelte resigniert den Kopf.

«Wer hat denn das erzählt?»

«Sylvie Schreiber. Ihr Papi hat es gesehen, als er am Zoll gewartet hat.»

«Ich habe Rina gesagt, dass die Polizisten mich nur ein paar Dinge fragen wollten», kam Rivka ihm zu Hilfe.

«Aber worüber denn?», fragte Rina.

«Über eine Sache, von der Mami gar nichts gewusst hat», antwortete Klein. «Und bitte richte Sylvie aus, wenn ihr Papi das nächste Mal irgendwelche interessanten Dinge sieht, die mit Mami oder mir zu tun haben, kann er uns anrufen und mit uns darüber sprechen. Aber er soll nicht seiner Tochter irgendwelchen Unsinn erzählen.»

Das Abendessen fand in gespannter Atmosphäre statt. Zu allem Überfluss sagte Dafna, dass Jenny Lubinski gefragt habe, ob sie für ein paar Tage zu ihnen ziehen könne. Es gehe gerade mit ihren Eltern gar nicht mehr. Und Nathan sei nach dem Tod seiner Mutter ohnehin wie weggetreten, vor allem seit die Polizei behaupte, sie sei ermordet worden. Jenny brauche ein paar Tage in einer normalen Umgebung.

Klein schmunzelte. «Na, immerhin empfindet noch jemand unsere Familie als normale Umgebung. Ist sie denn wieder gesund?»

Dafna nickte. «War heute auch wieder in der Schule.»

«Und ihre Eltern sind einverstanden?»

«Denen ist wohl lieber, ihre Tochter wohnt ein paar Tage beim Rabbiner, als dass sie einfach von zu Hause ausbüchst.»

Rivka wollte, entgegen ihrer sonstigen Art, nicht, dass Jenny zu ihnen käme. Sie hatte genug am Hals. Und gerade noch ein so schwieriges Kind wie die verwöhnte kleine Lubinski. Klein warf ihr einen Blick zu, in dem er ausdrückte, dass es wohl einfacher wäre, die Aufregung vor den Kindern zu verbergen, wenn sie sich um Normalität bemühte. Jenny dürfe also doch kommen. Aber nicht mehr heute Abend. Morgen.

Später erzählte Klein Rivka, dass er bei Frau Bänziger gewesen war.

Sie reagierte verärgert. «Wieso tust du so was, ohne es mir zu sagen? Willst du mich jetzt bevormunden?»

«Du sagst doch selbst dauernd, das sei ‹meine Frau Bänziger›. Da wollte ich eben mal von ihr hören, was sie von dem Ganzen hält.»

«Sie wird denken, ich hätte dich geschickt, um sie zu beeinflussen. Das ist mir verdammt unangenehm. Ich kann dir überhaupt nicht mehr vertrauen.»

«Da schätzt du sie falsch ein. Sie hat sehr gut verstanden, dass ich mich selbst bei ihr informieren wollte. Die weißt doch, dass du ...»

Doch Rivka war bereits ins Schlafzimmer gegangen und hatte die Tür zugeschlagen. Bis morgen würde sie für ihn nicht mehr zu sprechen sein.

Klein brachte Dafna noch frisches Bettzeug, damit sie das herausziehbare Bett in ihrem Zimmer für Jenny vorbereiten könne.

«Mami ist so komisch, seit sie von London zurück ist, findest du nicht?»

«Etwas gereizt. Ich glaube, das alles hat sie sehr angestrengt.»

«Hat das etwas mit dieser Sache am Flughafen zu tun, von der Rina erzählt hat? Mit der Polizei?»

«Die Polizei wollte sie ein paar Dinge fragen wegen des Todes von Carmen. Sie hat sie kurz vor ihrem Tod noch gesprochen.»

«Und deshalb führt man sie am Flughafen ab?»

Dafna war reifer, als er gedacht hatte. «Jemand hat sie fälschlich mit der ganzen Geschichte in Zusammenhang gebracht. Ein vollkommener Unsinn. Aber das klärt sich auf. Sie haben sie ja nicht ins Gefängnis gesteckt.»

Dafna schaute ihn zweifelnd an. «Ich hoffe jedenfalls, sie ist nicht so nervös, wenn Jenny kommt. Das wäre echt unangenehm.»

«Mach dir keine Sorgen. Das wird schon wieder.» Er gab ihr einen Klaps auf die Wange und ging in sein Arbeitszimmer. Dort setzte er sich in seinen Bürostuhl, schloss die Augen, legte die Ellbogen auf den Tisch und sein Kinn auf die gefalteten Hände. Seine Gedanken schweiften ab, zurück zum Gespräch mit Frau Bänziger. Er hätte gern Rivka nochmals zu ihrem Cafébesuch befragt, aber da war nichts zu machen, sie war mächtig eingeschnappt, und er war lange genug mit ihr verheiratet, um die Regeln des Spiels zu kennen.

Als er etwa eine Stunde später zu Bett ging und sich hingelegt hatte, hörte er zu seiner Überraschung dennoch nach einer Weile Rivkas Stimme aus dem Dunkel.

«Du verstehst nicht, dass Frau Bänziger ihren Mörder braucht. Und sie ist so nah an mir dran. Deine Suche nach irgendwelchen unbeweisbaren Wahrheiten interessiert sie einen Dreck, solange sie ihren eigenen dünnen Faden weiterspinnen kann. Sobald dieser Faden die Tür der Staatsanwaltschaft erreicht hat, ist ihre Rechnung aufgegangen. Lass einfach Léonie ihren Job machen und misch dich nicht ein. Versprichst du mir das?»

«Ich geh nicht mehr zu Frau Bänziger.»

«Du gehst überhaupt nirgends mehr hin wegen dieser Sache.»

Klein schwieg. Vielleicht dachte Rivka, dass dies Zustimmung signalisierte. Wahrscheinlich aber wusste sie, dass es keine war.

9

Liebe Elisabeth,
irgendeinmal wird jemand diese Briefe lesen, wenn ich sie nicht verbrenne. Ich werde sie nicht verbrennen. Das wäre für mich, als würde ich Dich ein zweites Mal sterben lassen. Aber ich denke nicht an den Moment, in dem jemand sie irgendwo hervorkramt. Sonst könnte ich Dir nicht schreiben.
Was wird einer, der diese Briefe dereinst liest, über mich denken? Über uns? Ich könnte ihn hier eigentlich grüßen, den Fremden. Aber ich tue es nicht, sonst meint er, ich hätte sie auch für ihn geschrieben.
Sie sind nur für Dich, egal, wer sie je in die Hände bekommt.
In grenzenloser Liebe
Dein H.

An diesem Morgen war Klein zu Carmens Schiwa in Charlys Wohnung gefahren. Es war ihm aufgefallen, dass sich Nathans Züge seit vergangener Woche verhärtet hatten. Da er zum Minjan des Morgengebets gegangen war, das abgehalten wurde, damit Nathan in der Schiwa den Trauerkaddisch sagen konnte, und noch andere Leute dort waren, blieb Klein nicht lange. Auf dem Rückweg vom Seefeld stieg er bei der Falkenstrasse aus dem überfüllten Tram, ging am Gebäude der *Neuen Zürcher Zeitung* vorbei, wobei er mit nostalgischem Gefühl daran dachte, dass früher immer die ganze letzte Ausgabe der Zeitung in den Vitrinen um das Haus herum aufgehängt gewesen war. Er ging am prunkvollen Opernhaus vorbei, dann über den Sechseläutenplatz, der mit Bündner Quarzstein ausgelegt war und seither als einer der schönsten, weitläufigsten Plätze Europas gefeiert wurde. Zumindest von den Zürchern.

Klein überquerte die Straße zum See hin, der in einer fahlen Wintersonne grauen, matten Glanz abgab. Während er langsam auf die Quaibrücke zuschritt, beschloss er, dem Café Siena einen Besuch abzustatten, bevor er den Arbeitstag begann. Er stieg am Bellevue ins Tram Nummer 5 und fuhr die drei Stationen über die Brücke, den Bürkliplatz und die Rentenanstalt bis zum Bahnhof Enge.

Obwohl Klein jeden Tag mehrmals am Café Siena vorüberging, kehrte er so gut wie nie dort ein. Das verkniffene Gesicht der Frau Ende Dreißig, die hinter dem Tresen stand, als er eintrat, war ihm nur flüchtig bekannt. Im Hintergrund lief in gedämpfter Lautstärke Musik, was er an diesem Lokal ebenfalls nie gemocht hatte. Derzeit war es ein Song einer schwedischen Popgruppe aus den siebziger und achtziger Jahren, mit deren Erfolg für Klein der musikalische Untergang des Abendlands eng verbunden war. Im Lokal saßen einige Angestellte, die vor dem Gang ins Büro noch ihren Kaffee mit Gipfeli und eine flüchtige Zeitungslektüre hinter sich brachten, und ein paar Rentner, die es betont nicht eilig hatten, diese Zeit, die mit einem Hauch von Tätigkeit und menschlicher Gesellschaft besetzt war, vorübergehen zu lassen. Er setzte sich an den Zweiertisch, den Rivka immer wählte, am Fenster, möglichst weit von der kleinen Bar entfernt, und rief gleich hinüber: «Einen Café crème, bitte.»

Die Frau hörte ihn zuerst gar nicht, beim zweiten Mal machte sie ein entschuldigendes Zeichen, dass sie ihn nicht verstanden habe, und trat an seinen Tisch.

«Was darf ich Ihnen bringen?»

«Sind Sie Frau Lombroso?»

«Ja, weshalb?»

«Sie hören nicht besonders gut.»

Frau Lombrosos Gesicht schwankte zwischen Ärger und einem letzten Gran Rücksichtnahme, um den Gast nicht zu verprellen. «Es tut mir leid, ich stand da hinter dem Tresen, da höre ich nicht, wenn Sie durchs ganze Lokal rufen. Wenn dazu noch die Musik läuft.»

«Aber letzte Woche den Streit zwischen den beiden Frauen, den haben Sie gut gehört. Aufs Wort genau.»

«Welchen Streit?»

«Der sie zu ihrer Zeugenaussage bei der Polizei bewogen hat. Sie wissen schon. Der Unfall im Bahnhof Enge.»

In Frau Lombrosos Gesicht obsiegte nun eindeutig der Unwillen. «Was wollen Sie hier? Wer sind Sie überhaupt? Sind Sie etwa auch von der Polizei?»

«Nein», sagte Klein. «Ich bin ein Privatmann.»

«Na, und was geht Sie dann die ganze Sache an?»

«Ich bin der Privatmann, der mit Frau Klein verheiratet ist. Rabbiner Gabriel Klein.»

Sie schaute ihn verunsichert an. «Ich habe der Polizei alles gesagt. Ich denke nicht, dass ich Ihnen gegenüber irgendeine Rechenschaftspflicht habe.»

«Das stimmt.»

«Also, was sollen dann diese Bemerkungen darüber, was ich gehört habe und was nicht?»

«Wo hat meine Frau gesessen, und wo haben Sie gestanden, als der Streit zwischen ihr und Frau Singer über die Bühne ging. Das ist das Einzige, was mich interessiert.»

«Hören Sie, die Polizei ...»

«Ja, wie gesagt, ich bin nicht die Polizei. Zu mir können Sie ganz ehrlich sein.»

Es dauerte eine Sekunde, bis Frau Lombroso die Spitze hinter Kleins Bemerkung verstand. Ihre Augen begannen zu blitzen. «Verlassen Sie sofort mein Lokal.»

«Wieso, ich habe noch nicht mal etwas bestellt. Oder besser: Sie haben mich nicht gehört, weil ich zu weit weg saß. Wenn Sie mir einen Café crème ...»

«Ich habe gesagt: raus!» Klein sah, wie um ihn herum die anderen Besucher des Lokals zusammenzuckten. Er packte betont langsam seinen Mantel, zog ihn an und ging zum Ausgang. Als die elektrische Tür sich vor ihm schon geöffnet hatte, drehte er sich um und rief: «Wenn meine Frau so laut geschrien hat wie Sie gerade, haben Sie es vielleicht tatsächlich verstanden.»

Klein ging in sein Büro. Da er Rivka versprochen hatte, Frau Bänziger nicht mehr zu kontaktieren, rief er Léonie an. Sie klang gehetzt. «Ja, ich bin an der Sache dran», sagte sie ohne weiteren Gruß gleich beim Abnehmen des Telefons. «Aber jetzt habe ich gleich einen Termin.»

«Frau Lombroso lügt», sagte Klein. «Sie lügt nicht in dem, was sie Rivka in den Mund legt. Aber sie hat es nicht selbst gehört.»

«Mag sein. Aber wie willst du das beweisen?»

«Ich frage mich, warum sie lügt. Wenn wir das wissen, können wir es auch beweisen.»

«Das Einzige, worum ich dich bitte, Gabriel», sagte Léonie, «ist, dass du dich nicht in die Untersuchungen einmischst. Nicht auf die Idee kommst, mit Frau Lombroso zu sprechen oder so was. Das ist alles mein Job, okay? Im Moment muss man sowieso nichts unternehmen, die Polizei ist am Drücker, und wenn die nicht weiterkommt, dann muss sie irgendwann Rivka in Ruhe lassen. Jetzt muss ich aufhören. Mein Klient steht vor der Tür. Ciao.»

Konsterniert legte Klein auf. Sah Léonie nicht ein, dass Rivka nur geholfen war, wenn man der Polizei den wahren Täter präsentieren konnte? Aber zu gründlichem Nachdenken hatte er nicht mehr die Zeit, er musste sich beeilen, um ins Büro zu kommen. Als er im Gemeindezentrum eintraf, lief ihm die Bibliothekarin über den Weg, die ihn beflissen fragte, was mit den Büchern sei, die er gestern liegen gelassen habe. Ob er heute noch vorbeikomme, um weiterzuarbeiten. Sie habe die Sachen alle auf dem Tisch liegen lassen gestern Abend. Was sie üblicherweise nicht tue, aber für den Herrn Rabbiner…

«Einräumen, alles wieder einräumen, ich brauch's nicht mehr», sagte er flüchtig und stieg in den Lift. Er glaubte zu spüren, dass sie ihm missmutig hinterhersah.

Diesen Vormittag kam eine Delegation von Rabbinern und Gemeindevertretern aus Mailand zu Besuch, welche die Zusammenarbeit zwischen den Gemeinden verstärken wollten. Klein waren solche Treffen mit Vertretern anderer Gemeinden hinlänglich bekannt, bei denen jeweils Möglichkeiten von der Jugendarbeit zum Kantorenaustausch bis zu gemeinsamen Wochenenden in den Bergen erwogen wurden. Vor allem wusste er, dass solche Treffen fast immer folgenlos blieben; die hochfliegenden Pläne lösten sich schon fünf Minuten nach dem Abschied beiderseits in Luft auf.

Der Gemeindepräsident hatte sich für die Zusammenkunft frei genommen, ebenso der unvermeidliche Tobias Salomon, dem Klein bei dieser Gelegenheit gerade noch einen Ausdruck seines Gutachtens zum Friedhof in die Hand drückte. «Sehr schön», sagte Salomon verbindlich, nach einem kurzen Blick auf die Überschrift. «Werde ich mit Interesse lesen.»

Klein lächelte. Er stellte etwas resigniert fest, dass ihn mittlerweile jeder Satz und jeder Blick von Tobias Salomon zur Weißglut bringen konnte. Dabei war der erst seit einigen Monaten im Amt.

Das Treffen verlief erwartungsgemäß angeregt-belanglos, und wie üblich gab es danach immerhin ein schönes Mittagessen im koscheren Restaurant. Dort erst ergab sich der Raum für persönlichere Gespräche, und Klein erzählte einem Mailänder Rabbinerkollegen von dem Gutachten, das er über die Etagengräber geschrieben hatte. Dabei verschwieg er nicht, ohne dessen Namen zu erwähnen, seinen Dialog mit Tobias Salomon und die Frage, über und unter wem man einmal seine Gebeine zur Ewigkeit gebettet haben wolle. Der Kollege aus Italien verfügte über einen wundervollen Humor, und sie lachten das halbe Essen hindurch, während Salomon vom anderen Tischende her immer wieder neugierig zu ihnen herübersah, was Klein souverän ignorierte.

Als sich die Gäste unter Austausch der üblichen Versicherungen, dieses oder jenes Projekt weiter zu verfolgen und einen baldigen Gegenbesuch in Mailand folgen zu lassen, verabschiedet hatten, und als auch die Nachbesprechung mit den Granden seiner eigenen Gemeinde überstanden war, rief Klein zu Hause an. Rivka klang gestresst. Sie hatte den halben Morgen bei Rinas Klassenfest herumgesessen und sich über die banale Musikdarbietung unter der Leitung von Herrn Zwimpfer geärgert. Nun war sie bereits auf dem Weg zu ihrem eigenen Unterricht und hatte in den Tagen seit der Rückkehr aus London kaum die Ruhe gefunden, sich richtig darauf vorzubereiten.

«Kommst du nach dem Unterricht rasch in meinem Büro vorbei?», fragte Klein.

«Wozu?»

«Damit ich dich sehen kann.»

«Sehen wozu?»

«Um mich zu erfreuen an deiner schönen Gestalt.»

«Ach du mit deinem romantischen Gequatsche. Wenn es noch reinpasst, komme ich.»

Über seinen Besuch bei Frau Lombroso schwieg er sich wohlweislich aus.

Um drei Uhr war Julia Scheurer angesagt. Sie wurde von Frau Wild pünktlich auf die Minute angekündigt, Klein öffnete die Tür und bat die schlanke, noch immer apart wirkende Frau von etwa sechzig Jahren herein. Alles an Julia Scheurer schien auf den Millimeter gestylt: der nicht allzu blonde Teint ihres Haars, die dezent gebräunte Haut. So perfekt, dass man auf den ersten Blick nicht einmal erkannte, wie viel Mühe sie darauf verwendete. Wie scheinbar alle besseren Damen war auch sie mit dem in dieser Saison unvermeidlichen wattierten Kapuzenmantel unterwegs, den sie sich von Klein mit feinem Lächeln abnehmen ließ. Ihrer war allerdings dunkelblau.

«Ich habe Ihnen etwas mitgebracht», sagte sie und zog aus ihrer Markentasche einen kleinen quadratischen Umschlag, in dem ein Schwarzweißfoto mit gezacktem Rand steckte, wie man sie in den fünfziger Jahren entwickelt hatte.

«Da Sie so viel von meinem Vater gelesen haben, wollte ich Ihnen auch einmal ein Bild von ihm zeigen.»

Das Bild zeigte einen Mann von Anfang oder Mitte Vierzig mit einem Baby auf dem Arm. Der Mann lächelte in die Kamera, fast eher spitzbübisch als glücklich, als hätte er dem Schicksal ein Schnippchen geschlagen.

«Das Baby in seinem Arm bin ich», sagte Julia Scheurer. «Dieser Gesichtsausdruck ist sehr typisch für ihn. Ich habe ihn fast nur mit einem solchen Lächeln in Erinnerung.»

«So fröhlich würde man ihn sich eigentlich nicht denken, wenn man die Briefe liest.»

«Fröhlich ist nicht das richtige Wort», sagte Julia Scheurer. «Ich würde eher sagen: heiter. Erst als ich älter wurde, habe ich dahinter die Melancholie gespürt, die ihn begleitet hat.»

Klein schaute das Bild noch eine kurze Weile an, dann richtete er den Blick auf Julia Scheurer. «Wenn wir Ihrem Vater gerecht werden wollten, müssten wir diese Briefe begraben.»

Sie schaute ihn skeptisch an. «Wieso begraben? Was ist so schrecklich an diesen Briefen?»

«Nichts ist schrecklich daran. Wir begraben im Judentum auch heilige Bücher und Torahrollen, die beschädigt und nicht mehr benützbar sind. Es ist eine letzte Ehrerbietung, die wir ihnen zuteil werden lassen.»

Julia Scheurer schaute verunsichert und etwas ungläubig. «Ich habe diese Briefe unseren Söhnen zum Lesen gegeben. Sie sind für mich das Wertvollste, was sie von ihrem Großvater haben.»

«Da haben Sie vollkommen recht. Es ist wichtig, dass Ihre Söhne die Briefe kennen.»

Julia Scheurer schaute noch irritierter. «Sie sprechen in

Rätseln! Sie wollen die Briefe begraben und finden, meine Söhne sollen sie lesen?»

«Ja», meinte Klein. «In gewisser Weise ist es ein Widerspruch. Ihr Vater wollte diese Briefe nur für Elisabeth schreiben. Er hat zwar damit gerechnet, dass jemand sie lesen wird, und wusste natürlich, dass es nicht die tote Elisabeth sein konnte, aber es war ihm zugleich davor unheimlich, dass jemand sie lesen würde. Deshalb sollte man diese Briefe eigentlich begraben. Doch für seine Nachkommen sind sie Zeugnisse von einem Vorfahr und seinem Schicksal, die ihnen weiterhelfen können, sich selbst zu verstehen. Hätte er nicht gewollt, dass ihn Nachkommen beerben, hätte er wohl kaum mehr geheiratet.»

«Also sind sie für die Familie bestimmt.»

«Das Pech der Toten ist, dass Lebende über ihren Willen entscheiden. Aber vielleicht ist es auch ihr Glück, und vielleicht verlassen sie sich auch auf uns, dass wir unzuverlässige Sachwalter ihres Willens sind. Max Brod hätte den Nachlass Kafkas nach dessen Wunsch verbrennen sollen – aber wenn Kafka das wirklich gewollt hätte, dann hätte er es noch zu Lebzeiten selbst getan. Er verließ sich auf Brods Unzuverlässigkeit. Vielleicht ist es mit den Briefen Ihres Vaters ähnlich. Bestimmt sind sie eigentlich für niemanden, aber da sie geschrieben sind, sollte die Familie sie behalten und überliefern und jedem Kind eine Kopie anfertigen. Zusammen mit einer Kopie dieses wundervollen Fotos. Das gibt zusammen einen ganz anderen Eindruck als die Briefe allein.»

«Aber nicht der Öffentlichkeit zugänglich machen?»

«Ich würde nicht. Ich würde sie so überliefern, dass sie möglichst nahe daran sind, begraben zu werden. Oder wollen Sie, dass Hinz und Kunz und seine ehemaligen Patienten im Berner Oberland sich über ihn und diese Briefe das Maul zerreißen?»

Julia Scheurer schüttelte lächelnd den Kopf. Sie wirkte irgendwie befreit. Ein Moment der Peinlichkeit ergab sich, als sie ihn fragte, was sie ihm schulde und sogar bereits in ihrer Tasche zu kramen begann. Klein löste das Problem, wie er fand, souverän, indem er bemerkte, wenn er als einziges Nicht-Familienmitglied die Kopien der Briefe ihres Vaters behalten dürfte, wäre ihm das Entschädigung genug.

Dann begann, was er erwartet hatte. Sie wollte mit ihm über das Judentum sprechen, über ihre Herkunft – darüber, dass sie gerne mehr wüsste, ob es dafür Bücher gäbe, Kurse in der Gemeinde und so weiter. Es war nicht selten, dass Menschen mit jüdischen Wurzeln in einem bestimmten Alter auf ihr Judentum zu sprechen kamen. Über eine formelle Konversion schien sie nicht nachzudenken, aber vor allem, so schien es, um sich ihrer Familie nicht allzu sehr zu entfremden.

Das Gespräch zog sich in die Länge, und als es kurz nach vier Uhr an die Tür klopfte und Rivka hereinlugte, schien sie wenig erbaut, dass ihr Mann sie eigens hergebeten hatte und dann auflaufen ließ. Indigniert fixierte sie für einige Sekunden Julia Scheurer. Klein stellte die beiden einander vor und bat Rivka herein, doch die murmelte bloß, sie wolle nicht stören, und war wieder draußen.

Im Moment schaffte er es wohl nicht, Rivka irgendetwas recht zu machen.

Auch Frau Scheurer wirkte plötzlich irritiert, brach das Gespräch rasch ab und verabschiedete sich.

«Hättest du morgen Zeit? Möchte dir gern etwas zeigen.» Charlys Textnachricht fand Klein auf dem Telefon, als er am Abend aus dem Talmudkurs kam. Er hatte es sich zur Gewohnheit gemacht, den Weg nach Hause zu Fuß zurückzulegen. In der Innenstadt war es nach neun Uhr ruhig, aber nicht unbelebt. Vor dem *Kaufleuten* staute sich eine Schlange von Leuten, die frierend und plaudernd auf Einlass warteten, die sorgfältig ausgestatteten Schaufenster der hippen Geschäfte rundum waren in unterschiedlichen Farben beleuchtet. Klein dachte an seinen Vater, der zuweilen gesagt hatte, es sei ein Privileg, in Zürich leben zu dürfen, wenn auch ein Privileg, für das man mit Langeweile bezahle. Die Stimmung auf den Straßen um ihn herum gab genau das wieder. Aber Klein wurde das Gefühl in der Magengrube nicht los, dass sich jederzeit unter ihm und seiner Familie ein Loch öffnen und sie verschlucken könnte. Schon die Gerüchte über seine Beziehung zu Carmen und Rivkas Einvernahme waren schwer zu ertragen. Nun würde auch noch Jenny Lubinski bei ihnen zu Hause wohnen, in einer Zeit, in der sie nichts dringender bräuchten als Ruhe. Und am schlimmsten war die Ungewissheit, was Frau Bänziger noch unternehmen würde, um Rivka festzunageln und die Akte schließen zu können. Wieder durchfuhr Klein der Satz aus dem Buch Kohelet: Mekom hamischpat, schama harescha. Der Ort des Gerichts, dort waltet die Bosheit.

Als Klein nach Hause kam, saß Rivka am Esszimmertisch und las, neben sich ein halbvolles Teeglas. Er setzte sich zu ihr.

«Tut mir leid wegen heute Nachmittag. Du hast ziemlich sauer aus der Wäsche geguckt. Die Frau ist länger geblieben, als ich dachte.»

Rivka winkte ab. «Ich war eher erstaunt als sauer. Die Frau habe ich nämlich letzte Woche gesehen. Im *Siena*. Wie heißt sie, hast du gesagt? Scheurer?»

«Ja. Julia Scheurer. Ich habe dir, glaube ich, mal von ihr erzählt. Ihr Vater war dieser jüdische Arzt. Der in Theresienstadt war. Pollack hieß er.»

«Ja, genau, ich erinnere mich. Diese Scheurer war im *Siena*, als ich die Auseinandersetzung mit Carmen hatte. Am Nebentisch. Und zwar mit Rosalie Schneidinger.»

Klein war fassungslos. «Mit Rosalie? Hast du das Frau Bänziger erzählt?»

Rivka sah ihn an, mit ihrem ruhigen Blick, den er so gut kannte und liebte und den er seit ihrer Reise nach London an ihr vermisst hatte. «Nein», sagte sie schließlich. «Natürlich nicht. Was hat es für einen Sinn, ihr zu sagen, dass noch jemand gegen mich aussagen könnte? Mit Frau Lombrosos Aussage allein habe ich schon genug Zores am Hals.»

Doch Klein zog andere Schlüsse. Anscheinend wurde die Beziehung, die der ehemalige Gemeindepräsident Röbi Fuchs zum Versicherungsboss Christoph Scheurer pflegte, ergänzt von der Freundschaft zwischen seiner Geliebten Rosalie und Scheurers Frau. War es denkbar, dass Rosalie oder Julia Scheurer etwas mit der Zeugenaussage von Frau Lombroso zu tun hatten? Klein fiel Julias Kapuzenmantel ein. Ob schwarz oder dunkelblau – wer wollte das so genau unterscheiden? Auf dem Videoband jedenfalls war das nicht möglich, aber auch die Zeugin vom Bahnhof Enge könnte sich irren in der Aufregung und im Neonlicht des Bahnsteigs.

Aber warum Julia Scheurer? Was sollte sie für ein Motiv haben, Carmen Singer umzubringen? Kannte sie Carmen überhaupt? War nicht eher Rosalie näher an Carmen dran, über Röbis Brokerfirma Lerchenwald Frères? Aber wo sollte da ein Motiv sein? Allerdings: Über Julia Scheurer wusste er nichts, abgesehen von den Briefen ihres Vaters. Bevor er ihr Vater geworden war.

Er konnte mit niemandem darüber reden, was jetzt zu tun war. Mit Rivka ohnehin nicht, und Léonie schien sich, vielleicht aus formal-juristischen Gründen, vielleicht auch um ihre Kräfte zu schonen, auf eine Strategie des Abwartens verlegt zu haben. Morgen würde er weitersehen, nun wollte er nachschauen, was seine Töchter machten.

Rina schlief bereits. Aus Dafnas verschlossenem Zimmer hörte er Stimmen – die seiner Tochter und die leicht schrille von Jenny. Er klopfte an und drückte die Türklinke. Die beiden saßen auf Rinas Bett und sahen zu ihm auf. Offensichtlich störte er.

«Guten Abend. Hallo, Jenny. Alles in Ordnung bei euch?»

Einvernehmliches Nicken mit dem erkennbaren Zweck, ihn abzuwimmeln.

So leicht ließ er aber nicht locker. «Aufgaben gemacht?»

Dafna nickte erneut treuherzig, und er beschloss, ihr zu glauben. Er ermahnte die Mädchen, noch zu lüften, nicht mehr allzu lange zu reden und schlafen zu gehen, dann ließ er sie in Ruhe.

Er setzte sich vor den Fernseher, zappte herum, schaute die Nachrichten, in denen ständig irgendwelche Nationalratsdebatten über die Schweizer Armee resümiert wurden. Rivka saß unverändert an ihrem Buch, etwas gestört durch den Fernsehlärm, was sie zuweilen mit leisen Seufzern zu verstehen gab, aber nicht gewillt, die Lektüre, ihren Rückzug, preiszugeben.

Klein schaltete den Fernseher aus und verkündete, er gehe ins Bett. Rivka reagierte mit einem Brummen.

Er musste sie aus diesem Albtraum herausholen. Sie und sich.

Erst als er im Bett lag, wohlig eingepackt und kurz vorm Einschlafen, fiel ihm ein, dass er Charly Singers Wunsch, ihn morgen zu treffen, nicht beantwortet hatte. Aber morgen war ja erst morgen.

10

Liebe Elisabeth,
was für ein Glück, keine Kinder gehabt zu haben. Ich denke das täglich, wenn ich das Unglück vor mir sehe, das der Verlust und die Beschädigung ihrer Kinder den Juden um mich herum zugefügt hat.
Und zugleich: Welches Unglück, keine Kinder zu haben. An Jahren bin ich noch nicht alt, aber ich bin am Älterwerden, und so wenig, wie ich mir vorstellen kann, ohne Dich Kinder zu haben, kann ich mir vorstellen, keine Kinder zu haben. Um ehrlich zu sein, es wäre nicht das Gefühl von Untreue, das ich Dir gegenüber empfände, mit einer anderen Frau doch noch eine Familie zu gründen, eher ein Gefühl von Hilflosigkeit und Unsicherheit. Wie kann ich einer anderen Frau trauen, wie ich Dir getraut hätte? Es gab keine bessere Mutter als Dich, und Du durftest keine werden. Die Trauer darüber lässt mich nächtelang wachliegen. Und in diesen Nächten wird mir zugleich klar, dass ich es wohl doch einmal versuchen werde.
Eine Position habe ich nun gefunden, hier in der Schweiz. Es sieht aus, als müssten Kinder, wenn ich welche haben werde, Schweizer Kinder werden. Dieses seltsame Land scheint gegen alle Unbill gefeit. Nein, mehr als dies, seine Bürger scheinen beseelt von ihrem natürlichen Recht, gegen Unbill gefeit zu sein.
Ratlos, in grenzenloser Liebe
Dein H.

Rosalies verstorbener Mann, Selig Schneidinger, war ein Architekt von internationalem Rang gewesen. Das Haus, das er sich und seiner Frau am Zürichberg gebaut hatte, war in Fachzeitschriften vorgestellt worden und hatte seinerzeit auch die *Neue Zürcher Zeitung* zu einem begeisterten Artikel über Wohnkultur im Raum Zürich bewegt. Es lag nur zwei Straßen von der gutbürgerlichen Villa der Fuchsens entfernt, was Selig Schneidinger selbst unumwunden als «praktisch» bezeichnete – das Verhältnis seiner Frau mit Röbi Fuchs war weder besonders geheim noch schien es ihn besonders zu belasten. «Autofahren kann sie nicht, und jedesmal ein Taxi – das wär mir zu teuer», soll er einmal gesagt haben.

Er selbst war viel im Ausland unterwegs. Entweder hatte sein Stoizismus mit seiner häufigen Abwesenheit zu tun, oder er achtete darauf, sich möglichst selten zu Hause aufzuhalten. Einmal jedoch war sein Widerwille gegen seine Frau offen hervorgetreten. Als er vor wenigen Jahren an Krebs erkrankt war, hatte Klein ihn häufiger besucht, zunächst noch zu Hause, später im Hospiz. Zwei oder drei Wochen vor seinem Tod, das letzte Mal, als Klein ihn sah, hatte er mit schwacher Stimme gesagt: «Meine Rache an Rosalie ist unser Haus. Für sie allein ist es zu groß, und verkaufen lässt es sich nicht.» Damit hatte er offenbar recht behalten. Jedenfalls wohnte Rosalie noch immer in dem berühmten Haus mit den extravaganten Formen, das ihr Mann gebaut hatte.

Klein hatte sich an diesem Morgen nicht angekündigt, sondern war auf gut Glück hinaufgefahren. Er wollte das Überraschungsmoment seines Besuchs nutzen. Rosalie öffnete, noch im Morgenmantel, die Tür und machte ein erstauntes Gesicht.

«Gabriel! Was führt dich morgens um neun hierher?» Sie bat ihn ins Wohnzimmer. «Bitte entschuldige meinen Aufzug.»

Er winkte ab. Beim Eintreten fiel ihm auf, dass sie seit Selig Schneidingers Ableben im Haus einiges geändert hatte. Die Art-déco-Garderobe etwa, die Selig extra hierfür entworfen hatte und auf die er stolz gewesen war, war verschwunden. Die Aussicht auf postume Rache schien diese Ehe zusammengehalten zu haben.

Klein verzichtete auf lange Umschweife. «Ich spreche wohl ein offenes Geheimnis aus, wenn ich dir erzähle, dass Rivka am Montag am Flughafen von der Polizei abgeführt wurde.»

Rosalie nickte. «Ich habe davon gehört.»

«Ich glaube, du weißt noch mehr darüber.»

«Was soll ich darüber wissen?»

«Zum Beispiel, in welchem Zusammenhang die Polizei Rivka vernommen hat.»

«Na, ich nehme an, im Zusammenhang mit der Geschichte um Carmen Singer.»

«Ganz genau. Und ich denke, du weißt auch genau, wer die Zeugenaussage gemacht hat, die ihr das eingebrockt hat.»

«Welche Zeugenaussage?»

«Du hast, als Rivka sich mit Carmen Singer stritt, mit Julia Scheurer am Nebentisch im Café gesessen und hast alles gehört.»

«Ich habe nicht gegen Rivka ausgesagt!», empörte sich Rosalie. «Und Julia Scheurer kennt Rivka gar nicht. Ich habe ihr auch nicht gesagt, wer sie ist.»

«Aber Frau Lombroso kennt Rivka offenbar. Irgendjemand soll ihr gesagt haben, das sei die Frau des Rabbiners Klein. Die einzige Person im Lokal, deren Namen sie kannte. Und Frau Lombroso hat offensichtlich alles genau gleich gut gehört wie ihr am Nebentisch.»

«Wer um Gottes willen ist Frau Lombroso?»

Klein ließ sich nicht beirren, auch wenn ihn die Antworten Rosalies etwas verunsicherten. «Frau Lombroso ist die Wirtin vom Café Siena. Sie hat die Zeugenaussage gemacht. Die Möglichkeit, dass sie nahe genug war, um alles zu hören, hält die Polizei für wahrscheinlich, ich nicht. Ich glaube, dass du dahintersteckst, dass du Rivka belasten wolltest und Frau Lombroso veranlasst hast, diese Zeugenaussage zu machen.»

«Das wird ja immer ungeheuerlicher, was du da von dir gibst! Ich meine, ich verstehe, dass du aufgewühlt bist wegen der Sache mit Rivka. Aber deshalb bei mir hereinzuschneien und solche Verdächtigungen auszusprechen? Wenn ich Rivka hätte belasten wollen, hätte ich das ja selbst tun können. Warum irgendeine Frau Lombroso vorschicken?»

Klein hatte das Gefühl, dass er Rosalie langsam aus der Reserve holte. Er rückte an den vorderen Rand des Sofas und sprach nun mit ausgreifenden Handbewegungen. «Du wolltest nicht Rivka belasten. Rivka ist dir eigentlich egal, sie war nur zur falschen Zeit am falschen Ort. Und keinesfalls wolltest du selbst in Erscheinung treten. Denn dann wäre man auf dich aufmerksam geworden. Irgendetwas zwischen Röbi und Carmen muss total schiefgelaufen sein, irgendetwas, das mit Carmens Entlassung bei Lerchenwald Frères zusammenhängt, so dass du womöglich ein Motiv hast, auch wenn ich es noch nicht kenne. Jedenfalls wolltest du ohne Rücksicht auf Verluste den Verdacht von dir weghalten.

Und dann hast du Frau Lombroso dazu gebracht, Rivka zu belasten. Mit Dingen, die Rivka wirklich gesagt hat, die aber nur du gehört hast. Du und Frau Scheurer. Übrigens hat Frau Scheurer denselben Mantel wie die unbekannte Person auf dem Video, die den Mord begangen haben soll.»

Rosalie lächelte süffisant. «Und vielleicht habe ich Julia Scheurer auch noch etwas bezahlt dafür, dass sie Carmen aufs Gleis gestoßen hat, wie? Weil ihr Mann als Finanzchef der Unterland-Versicherung nicht genug heimbringt. Oder vielleicht haben wir die Mäntel getauscht. Ja, das wäre auch noch eine interessante Variante. Entschuldigung, aber ich bin ziemlich enttäuscht von dir. Ich habe dich für einen intelligenten Menschen gehalten. Bis heute Morgen.»

«Du lenkst ab. Carmen wurde nicht vorsätzlich ermordet. Jemand hat die Gelegenheit ergriffen, die sich durch den einfahrenden Zug ergab. Irgendetwas ist hier jedenfalls faul, das kann ich gegen den Wind riechen. Das habe ich auch im Gespräch mit Frau Lombroso gespürt. Und ich werde dahinterkommen, was es ist.»

«Mit dieser Frau Lombroso hast du auch schon gesprochen?»

«Ja, und inzwischen kommt mir der Gedanke, dass sie dich wahrscheinlich darüber schon informiert hat.»

Rosalie lehnte sich zurück. «Gabriel. Trotz allem meine ich es nur gut mit dir. Du bist doch der Rabbiner der Cultusgemeinde. Wenn du hier durch die Stadt rennst und deine kruden Phantasien erzählst, dann kann das deinem Ruf zusätzlichen Schaden zufügen.»

«Zusätzlichen Schaden?» Er ärgerte sich im selben Moment, in dem er es aussprach, dass er sich in die Defensive hatte drängen lassen.

«Naja, da sind ja noch die Geschichten, die man sich über dich und Carmen erzählt hat. Nicht dass ich das in dieser Form glauben würde, aber wo Rauch ist – du weißt schon. Und dann Rivkas Verhaftung. Etwas achtgeben würde ich schon an deiner Stelle.»

Wie sie da vor ihm saß, ungeschminkt, mit chirurgisch gestraffter Haut, das gefärbte schwarze Haar nur notdürftig gekämmt, und ihn seelenruhig abservierte! Er hatte darauf gehofft, sie mit einem Überraschungsangriff zu überwältigen. Und wieder einmal nur so weit gedacht, wie der Wunsch ihn trug, die Sache aufzuklären. Wahrscheinlich hatte ihr tatsächlich Frau Lombroso längst gemeldet, dass er da herumwühle. Oder Rosalie war einfach kühl genug, ihn ins Leere laufen zu lassen.

Er verließ das modern-protzige Haus, das Rosalie Schneidinger entweder tatsächlich nicht verkaufen konnte oder bloß gezielt von den Spuren ihres toten Gatten reinigte, als zerknitterter Mann. Ein Idiot, der entweder die falschen Schlüsse zog oder aus den richtigen Schlüssen das Falsche machte.

In der Mailbox bedankte sich Tobias Salomon für Kleins Kooperation in Form seines Gutachtens. Klein löschte die Mail. David Bohnenblust gab Bescheid, die Jeschiwa in Israel hätte sich gemeldet und ihm einen Studienplatz garantiert. Er würde nun doch schon demnächst abreisen. Und der Mailänder Kollege hatte Klein inzwischen Angaben zu einigen Fachartikeln über Etagengräber geschickt; erschrocken stellte er fest, dass er sie höchstens zur Hälfte bei seinem Gutachten berücksichtigt hatte. Immerhin fand er rasch heraus, dass einige der Artikel vor allem aus Zusammenfassungen des von ihm verwendeten Materials bestanden. Aber zwei, drei wesentliche Beiträge fehlten ihm. Ob dies die Aussage des Gutachtens verändert hätte, wusste er nicht, und er konnte auch darauf bauen, dass es in der Gemeinde niemand bemerken würde. Aber in internationalen Rabbinerkreisen würde man sehr genau beobachten, was er hier geschrieben hatte, und Aufregung von dieser Seite konnte er überhaupt nicht gebrauchen.

Während Klein dem Mailänder Kollegen für die prompte Information dankte und betonte, die Zusammenarbeit in Zukunft gerne intensivieren zu wollen, zeigte sein Telefon eine Textnachricht an. Charly!, fuhr es Klein durch den Kopf, noch bevor er die Nachricht angeschaut hatte. Er hatte schon wieder vergessen, ihm zu antworten.

Er rief ihn an, und sie verabredeten sich für acht Uhr abends. Charly bat Klein, ihn daheim zu besuchen. «Ich kann Nathan im Moment nicht alleinlassen.»

Rivka war nicht gerade erbaut, als er ihr mitteilte, dass er später nach Hause käme.

«Du solltest dringend mal mit Dafna sprechen. Die benimmt sich seit neuestem ekelhaft zu mir. Aggressiv und frech. Als hätte ich das nötig, nach allem, was in den letzten Tagen war und nachdem wir noch ihre Freundin aufgenommen haben.»

«Hat es denn etwas damit zu tun, dass Jenny bei uns ist?»

«Das kann ich nicht sagen. Jenny selbst ist eigentlich ganz anders, als ich sie in Erinnerung habe. Keine verwöhnte Tochter. Sehr nett, zuvorkommend, fast anschmiegsam. Aber mit Dafna komme ich gerade überhaupt nicht klar.»

«Ich spreche mit Dafna, wenn ich heimkomme.»

«Wie gnädig. Um elf Uhr?»

Klein seufzte. Es war zwecklos, mit Rivka zu diskutieren, solange sie in diesem Zustand war. Schon seiner Ehe zuliebe musste er den Mörder von Carmen finden.

Die Predigt schrieb er diesmal lustlos herunter, ohne dass ihn der Inhalt wirklich berührte, und er vermied, anders als sonst, jeden Bezug zu irgendwelchen gegenwärtigen Angelegenheiten, die die Synagogenbesucher womöglich beschäftigten – besonders zu allem, was mit dem Mord an Carmen Singer in Beziehung gebracht werden könnte. Um Viertel vor acht schaltete er erschöpft den Computer aus und bestellte ein Taxi, um zu Charly Singer ins Seefeld zu fahren.

Als Charly ihn ins Wohnzimmer führte, fiel Klein auf dem sonst leergeräumten Wohnzimmertischchen ein großes braunes Couvert auf. Nathan lag auf dem Sofa und sah angeödet in den Fernseher.

«Hallo, Nathan», sagte Klein.

Nathan hob schlaff, ohne Klein anzusehen, die Hand zum Gruß.

«Etwas anständiger zurückgrüßen dürftest du den Rabbiner schon», schimpfte Charly.

«Lass nur, kein Problem», intervenierte Klein.

«Nathan, mach bitte die Kiste aus und geh in dein Zimmer. Ich muss mit dem Rabbiner was besprechen.»

Ohne Widerrede, aber mit denselben müden und apathischen Bewegungen griff sich Nathan die Fernbedienung, schaltete ab, stand auf und verließ den Raum. Sie hörten, wie er die Tür seines Zimmers hinter sich schloss.

«Er hatte sich eigentlich erstaunlich gut gefangen nach der Beerdigung», sagte Charly. «Aber seit er gehört hat, dass man von einem Mord an Carmen ausgeht, ist er wie ausgewechselt. Zuweilen so abwesend und schlapp wie jetzt, manchmal dann aber mit Ausbrüchen von Wut und Rachegelüsten. In der Schiwa war das manchmal echt schwierig, wenn Gäste da waren. Jedenfalls möchte ich ihn im Moment abends nicht allein lassen. Ich weiß überhaupt nicht, was er alleine anstellen würde.»

«Was meinst du damit?»

«Nichts Konkretes. Aber zum Beispiel, dass er eine Herdplatte anstellt und dann vergisst. Oder in einem Wutanfall irgendwas zerdeppert. Es ist mir einfach wohler, wenn ich da bin.»

«Verstehe. Du weißt übrigens, dass seine Freundin Jenny im Moment bei uns wohnt?»

Charly seufzte. «Seine Freundin Jenny. Auch so ein komplizierter Haken. Ich weiß nicht mal, ob die ihm guttut in dieser Zeit, oder ob sie ihm noch mehr schadet. Sie war fast jeden Tag hier während der Schiwa, aber wie das wirklich steht zwischen den beiden, kann mir keiner erklären. Sie wirkte einerseits fürsorglich, um ihn bemüht, andererseits auch wieder selbstbezogen und besitzergreifend. Ich denke, heute haben die Jungen schon mit fünfzehn oder sechzehn die Probleme miteinander, die wir damals mit dreißig hatten.»

Klein sagte dazu nichts. Als Charly um die Dreißig war, hatte Carmen die Affäre gehabt, aus der Nathan hervorgegangen war.

Charly schien auch keine Lust zu haben, das Thema weiter zu vertiefen, und nahm das Couvert auf dem Tisch in die Hand. «Das ist es, was ich dir zeigen wollte.»

«Was ist das?»

«Hast du nicht letzte Woche von deinem Kontakt zu

einer Frau Scheurer erzählt? Deren Mann irgendein hohes Tier bei der Unterland ist? Und ein Freund von Röbi Fuchs?»

«Doch. Julia Scheurer. Die Frau, die mir die Briefe ihres Vaters zur Lektüre gegeben hat.»

«Dann habe ich mich richtig erinnert», sagte Charly, drehte das Couvert um und deutete auf ein Wort, das mit feinem Filzschreiber in eine Ecke geschrieben war. Die zackige Form war eindeutig von Carmens Hand. Klein las das Wort laut vor, als hätte ihm Charly diese Aufgabe gestellt: «Scheurer.» Für einen Moment blieb sein Mund offen.

«Vorgestern Nachmittag», erklärte Charly, «kommt Nathan zu mir und hält mir einen Schlüssel vor die Nase. Einen Safeschlüssel. Er hatte ihn in seinem Portemonnaie und vollständig vergessen, aber als er dort etwas rausholte, fand er ihn wieder. Den Schlüssel hatte ihm Carmen kurz vor ihrem Tod anvertraut und ihm gesagt, er gehöre zu einem Safe im Hauptsitz der Zuger Kantonalbank. Er solle niemandem etwas davon erzählen und ihn gut bei sich aufbewahren, am besten im Portemonnaie, was er dann auch tat. Vielleicht würde sie den Schlüssel ab und zu brauchen und von ihm verlangen, aber auf jeden Fall solle er darauf aufpassen. Das dünkte mich sehr seltsam. Wir sind dann gleich nach Zug gefahren», er unterbrach sich, lächelte verbindlich und fügte hinzu, «ich weiß, dass man das während der Schiwa nicht sollte.»

Klein winkte schweigend ab. Er war nicht daran interessiert, das religiöse Gewissen der Gemeindemitglieder zu sein, oder es zu erleichtern.

Nach einem kurzen Moment fuhr Charly fort: «Nun also, wir haben dort alle Unterlagen vorgelegt, Totenschein, Ausweise, Familienbüchlein, so dass Nathan als Erbe und ich als sein Vormund gemeinsam an den Safe ran durften. Da lag ein kleiner Laptop drin und dieses Couvert hier.»

«Ein Laptop?»

«Ja, auch ein Laptop. Aber ich glaube, der Laptop war nur dazu da, um Dokumente herzustellen, die nicht rekonstruiert werden konnten. Es sind keine Dateien drauf. Es sollte einfach gar nicht erst bekannt werden, dass dieser Laptop überhaupt existiert. Doch viel wichtiger als der Laptop sind die Papiere hier drin.»

Das Couvert war unverschlossen. Charly griff hinein und zog einige Blätter heraus. Es waren Dokumente mit dem Briefkopf der Lerchenwald Frères und irgendwo dazwischen ein Prospekt für ein Ferienresort in der Toskana. Klein schaute Charly fragend an.

«Das eine bestätigt den Kauf von Optionen auf ein größeres Aktienpaket der Rhone-Rückversicherung vor etwa neun Monaten. Das andere bestätigt das Einlösen der Optionen zehn Tage später, dann aber auf Aktien, die auf die Unterland-Versicherung lauten. Beides ausgestellt auf den Namen Röbi Fuchs. Nettogewinn: viereinhalb Millionen Franken.»

«Ich verstehe zwar diese ganzen Aktiendinge nicht, aber alle Achtung! Viereinhalb Millionen!», sagte Klein.

«Alle Achtung?», erwiderte Charly spöttisch. «Ich habe mich vage erinnert und dann nochmals im Internet nachgeschaut. Wenige Tage, nachdem Röbi Fuchs die Optionen auf die Einlösung der Rhone-Rückversicherung gekauft hatte, wurde diese vom Unterland-Konzern übernommen. Ein Überraschungscoup, und die Analysten waren rundum begeistert, weil damit die Unterland ihr Portfolio sehr geschickt ergänzt hat. Offenbar vor allem im Schifffahrtsbereich und auf dem französischen Markt, oder keine Ahnung. Ist ja egal. Die Unterland-Aktie ist hochgeschossen, und damit natürlich auch die darin eingeflossene Rhone-Aktie.»

«Du meinst, Röbi hatte Insider-Informationen?»

«Es hätte mich einen Tick länger gekostet, das herauszufinden, wenn unsere Carmen den Namen ‹Scheurer› nicht auf dieses Couvert geschrieben hätte.»

«Scheurer hat Röbi den Tipp gegeben. Er sitzt in der Geschäftsleitung der Unterland.»

«So würde ich das auch sehen, ja.»

«Sieht aus, als habe Carmen aus dem Wissen um dieses Geschäft Profit ziehen wollen.» Klein glaubte nun erst recht nicht mehr, dass das Treffen der Damen Schneidinger und Scheurer im Café Siena nur ein Kaffeeklatsch war. Aber das alles klang dennoch zu unausgereift.

«Wie hätte sie denn beweisen wollen, dass das ein Insidergeschäft war? Die Sache sieht zunächst einmal so aus, als habe Röbi einfach eine gute Nase gehabt. Nur den Namen ‹Scheurer› auf einen Umschlag zu schreiben, reicht da ja wohl nicht ganz aus.»

Charly runzelte die Stirn. «Ich weiß. Und trotzdem scheint sich Carmen ihrer Sache ziemlich sicher gewesen zu sein. Offenbar hat sie sich bereits den Ort ausgesucht, an dem sie sich mit dem Geld, das sie offenbar zu erpressen hoffte, entspannen wollte.» Er zeigte auf den Prospekt.

Es wurde Klein mulmig bei der Idee, wie Carmen sich möglicherweise eine traute Zweisamkeit zwischen ihr und ihm in diesem Resort, das La collina hieß, ausgemalt hatte, mit irgendwelchen Millionen, um die sie Röbi Fuchs zu erleichtern plante. Aber es wurde ihm auch mulmig beim Gedanken, dass der Inhalt dieses Couverts womöglich der Anlass zu ihrem Tod gewesen war.

«Du musst damit zur Polizei gehen», sagte er zu Charly.

Charly sah ihn an. Dann schüttelte er langsam den Kopf. «Kommt nicht in Frage.»

«Warum denn nicht?», fragte Klein erstaunt.

«Du hast gesehen, in welchem Zustand Nathan ist. Wenn ihm nun unter die Nase gerieben wird, dass seine Mutter kriminelle Absichten verfolgte, dann befürchte ich eine handfeste psychische Krise. Ich kann ihm das nicht zumuten. Und mir auch nicht.»

«Aber er weiß doch schon, dass da etwas krumm ist. Er war doch mit dir am Safe, und ich bin sicher, ihr habt das Couvert gemeinsam geöffnet.»

«Ich habe ja zuerst auch nicht genau verstanden, was ich da vor mir habe. Und als es mir dämmerte, habe ich ihm gesagt, das seien irgendwelche geschäftlichen Dinge, völlig langweilig.»

«Für die sie nicht einmal den Safeschlüssel selbst aufbewahren wollte? Nathan ist doch nicht blöd.»

«Nein, aber er war mit meiner Erklärung zufrieden und hat nicht weiter nachgefragt. Ich glaube, er will so wenig wie möglich von all dem wissen.»

«Aber du kannst doch nicht einfach, nur um deinen Sohn vor vielleicht ernüchternden Erkenntnissen zu schonen, einen Mörder frei herumlaufen lassen! Oder eine Unschuldige in Mordverdacht lassen.»

Charly schaute irritiert. «Wieso, das wird ja bis jetzt niemandem zur Last gelegt. Soviel ich weiß, zumindest.»

«Rivkas Vernehmung am Flughafen? Das ist ja sicher auch bis zu dir durchgedrungen.»

Doch Charly hatte davon nichts gewusst. Offenbar waren die Leute aus der Gemeinde bei aller Freude am Tratschen taktvoll genug gewesen, in Carmens Schiwa von dieser Episode nichts zu erzählen. Charly war ziemlich schockiert – umso mehr, als er hörte, dass Rivka zufolge Rosalie Schneidinger und Julia Scheurer am Nebentisch im Café Siena gesessen hatten.

«Trotzdem», sagte er nach kurzem Nachdenken. «Ich möchte nicht zur Polizei gehen. Nicht jetzt. Vielleicht später. Und wir wissen ja auch gar nicht sicher, ob diese Papiere etwas mit der Ermordung Carmens zu tun haben. Womöglich würden wir Dreck aufwühlen, in dem gar nichts zu finden ist.»

Es war zwecklos, Charly überzeugen zu wollen. «Aber wieso hast du mich überhaupt herbestellt, um dieses Zeug anzuschauen, wenn du damit gar nichts unternehmen willst?»

«Weil ich verdammt noch mal auch nicht alles in mich hineinfressen kann. Ich habe mich von dieser Frau geschieden und wollte für den Rest meines Lebens so wenig wie möglich mit ihr zu tun haben. Und nun versinke ich nur noch in einem Sumpf von Carmen-Problemen, und die Person, derentwegen ich das alles durchstehe, ist der Junge, den mir Carmen wegnehmen wollte. Und gerade mit ihm kann ich ja nicht über all das sprechen. Ich brauchte jemanden, dem ich vertraue, der mir zuhört. Und das soll ja der Job eines Rabbi sein, sagt man.»

«Und wenn Rivka in den Knast kommt?», versuchte Klein es erneut auf die emotionale Tour. «Ist dir dann Nathans Seelenheil immer noch wichtiger?»

«Das wird nicht geschehen», sagte Charly.

«Schön, dass es noch Propheten gibt in Israel!», rief Klein wütend aus und verließ die Wohnung.

Auf der Heimfahrt milderte sich Kleins Wut auf Charly ein wenig. Er dachte daran, wie einsam Charly wohl sein musste, wenn er in seinem ganzen Freundeskreis niemanden hatte, dem er in einer solchen Situation so vertraute wie dem Rabbiner, zu dem er doch ein eher distanziertes Verhältnis pflegte – oder zumindest bis Carmens Tod gepflegt hatte. Die gemeinsamen Augenblicke der vergangenen Tage hatten Charly offenbar einiges Vertrauen eingeflößt.

Zu Hause lagen Rivka und Dafna sich in den Haaren und trugen irgendeinen Streit aus, dessen Anlass Klein nicht feststellen konnte. Er versuchte, wie er es Rivka versprochen hatte, Dafna für ein Gespräch zur Seite zu nehmen. Doch Rivka winkte ab. «Da reinkommen und den Zampano spielen, das brauchen wir nicht. Ich regle das schon mit Dafna allein.» In Dafnas Zimmer saß derweil Jenny, malte Mandalas aus und sprach mit melancholischer Stimme in ihr Handy, das auf Lautsprecher geschaltet war. Klein meinte Nathans Stimme daraus zu vernehmen.

Als Klein sich am Freitagmorgen auf den Weg zu den Krankenbesuchen machte, rief ihn Frau Bänziger an. Klein schmunzelte, als er die Nummer auf dem Display erkannte. Da beschworen ihn alle, seine Frau, Léonie und Charly, keinen Kontakt mit der Kommissarin aufzunehmen, und dann wurde er selbst von ihr angerufen. Er hatte keine Ahnung, was sie wollte, beschloss aber, das Gespräch auf jeden Fall mit einem freundlichen kurzen Smalltalk zu beginnen. Doch Frau Bänziger unterbrach ihn schroff. Sie habe, so erklärte sie, eine Beschwerde von der Besitzerin des Café

Siena erhalten, dass Klein vorgestern in ihrem Café auf indiskrete und beleidigende Weise Verdächtigungen gegen sie erhoben habe. Frau Bänziger erklärte, sie müsse der Reklamation von Frau Lombroso in aller Schärfe Nachachtung verschaffen. Die Beeinflussung und Einschüchterung von Zeugen sei ein klares Delikt.

«Damals im Fall Berger habe ich Sie bereits zu stoppen versucht. Dort war Ihr Drang, selbst zu ermitteln, für uns zuweilen mühsam und störend. Doch in diesem Fall, wo Ihre Frau selbst auch noch zu den Verdächtigen zählt, bewegen Sie sich haarscharf entlang der Strafbarkeit, und ich weiß nicht, auf welcher Seite der roten Linie.» Ihr Ton wurde etwas wärmer. «Sie wissen, ich mag Sie, Herr Rabbiner. Und ich habe auch ein gewisses Verständnis dafür, dass Sie die Angelegenheit wegen Ihrer Frau umtreibt.» Wie um diese persönliche Zwischenbemerkung formell zu beenden, räusperte sie sich, bevor sie in wieder geschäftsmäßig strengem Ton schloss: «Aber das ändert nichts daran, dass ich dieses Vorgehen nicht tolerieren kann. Ich warne Sie dieses eine Mal und danach nicht mehr. Haben Sie das verstanden, Herr Rabbiner?»

Klein unterdrückte jeden Reflex einer scharfen oder ausweichenden Entgegnung. «Ist in Ordnung, Frau Bänziger», sagte er nur.

Als er aufgelegt hatte, war er verunsichert. Einerseits konnte die Intervention von Frau Lombroso bedeuten, dass sie in ihrer Ehre beleidigt worden und empört war, dass man ihr vorgeworfen hatte, gelogen zu haben. Vielleicht lag der Irrtum tatsächlich bei Rivka, die in diesem Moment ja sehr aufgeregt gewesen war. Aber auch eine ganz andere Version war möglich: vielleicht hatte Rosalie nach seinem gestrigen

Besuch den Entschluss gefasst, in die Offensive zu gehen, und Frau Lombroso nochmals etwas zugesteckt, damit sie sich bei Frau Bänziger über ihn beschwerte. Auch dies schien plausibel zu sein.

Klein war nach Frau Bänzigers Anruf zerstreut und hatte Mühe, auf die Kranken und Alten einzugehen. Nicht einmal bei Frau Tannenbaum fand er die richtigen Worte. Er saß in ihrem Zimmer, sah in ihr entrücktes Gesicht und wusste nichts zu erzählen, obwohl sein Kopf und sein Herz überflossen vor Gedanken. «Heute wird das nichts mit uns», meinte er schließlich resigniert und stand auf, berührte leicht ihre Hand. «Bleiben Sie fit, Frau Tannenbaum, und entschuldigen Sie mich. Nun war ich zweimal ein Unterhaltungsversager. Nächste Woche bin ich hoffentlich wieder in erfreulichem Zustand.»

Im Universitätsspital kämpfte er mit der Entscheidung, Röbi Fuchs zu besuchen. Als er sich schließlich, nachdem er alle anderen Besuche absolviert hatte, einen Ruck gab und hingehen wollte und um die Ecke des Korridors bog, sah er, wie vor Röbis Zimmertür seine Kinder Simone und Foxi in halb unterdrückter Lautstärke eine heftige Auseinandersetzung führten. Bevor sie ihn entdeckten, zog er den Kopf zurück und ging.

Dann kam auch noch eine Nachricht von David Bohnenblust. Er würde schon kommenden Montag nach Israel abreisen. Klein packte eine Wut, von der er wusste, dass sie unangemessen war. David konnte es nicht schnell genug gehen, abzuhauen, weg von diesem Rabbinatspraktikum, das er gegen Kleins ursprünglichen Rat, aber dann mit seiner tatkräftigen Unterstützung angetreten hatte.

Da kam eine weitere Nachricht von David. Er wolle,

wenn das möglich sei, Klein gerne einen Abschiedsbesuch machen.

Klein antwortete, seiner Wut entsprechend, lakonisch. «Morgen nach Schabbatende. Zwanzig Uhr. Bei mir zu Hause.»

Schließlich rief ihn noch Simone Lubinski an. Sie fragte in einem, wie er fand, süßlichen Ton nach dem Benehmen ihrer Tochter, und Klein ließ sich zur Antwort hinreißen, im Moment gehöre sie sicher zu den eher ruhigeren Leuten bei ihm zu Hause – ihn selbst eingeschlossen. Simone sagte, sie wolle schauen, dass Jenny kommende Woche heimkommen könne, wünschte einen guten Schabbat und speziell Grüße an Rivka. «Danke, Schabbat Schalom», sagte Klein kurz angebunden und legte auf. Er dachte an die Papiere in Carmens Safe und an die unerfreuliche Begegnung mit Simone im Spital. Wie er sich gefreut hatte, als Simone hereinkam, und wie heftig und aggressiv sie ihn danach auf dem Spitalkorridor angefahren hatte. Mit einem Mal wurde ihm auch klar, warum es ihn damals so zufrieden gemacht hatte, Simone zu sehen: der Mantel, den Röbis Tochter beim Eintreten aufgehängt hatte, war ebenfalls das Modell gewesen, das auch Rivka besaß.

11

Liebe Elisabeth,
es ist hier im Berner Oberland nicht anders als wohl überall auf der Welt: Es gibt Patienten, die kommen nur zum Arzt, um ihm nicht zu vertrauen. Damals in Wien, der Welthauptstadt der Hypochonder, haben sie mich besserwisserisch angelächelt, wenn ich Symptome für harmlos hielt. In T., wo nichts harmlos war, haben sie mir mit traurigen Augen misstraut und mich für einen hinterlistigen Tröster gehalten. Einen, der glaubte, ihnen Lebensgeist einhauchen zu müssen, wo sie keinen mehr besitzen wollten. Hier aber, im Berner Oberland, kommen knorrige alte Leute zu mir und beschweren sich, doch wehe, ich erkläre sie für ernsthaft krank.
Du hast mir damals geglaubt, als ich gewünscht hätte, du würdest mir nicht glauben, als ich mir selbst nicht glauben wollte. Aber nicht alle sind imstande, die anderen für Idioten oder für Lügner zu halten. Du warst es nicht.
In grenzenloser Liebe
Dein H.

So sehr hatte Klein vergangenen Schabbat Rivka vermisst. Jetzt war sie wieder da, und es wurde doch ein trüber Tag. Ihre ebenso sorgenvolle wie gereizte Miene versetzte ihn in Wut, die er in sich hineinfraß. Er war entschlossen, die nervtötende Situation zu beenden, in der sie schwebte. Zugleich war er hilflos und konnte mit seinen Anhaltspunkten nichts anfangen. Er hatte sich überlegt, mit Léonie zu sprechen. Aber ohne die Dokumente aus Carmens Safe würde Léonie nichts unternehmen. Ebenso aussichtslos erschien es ihm, entgegen Charlys Wünschen zur Polizei zu gehen. Auf Frau Bänzigers guten Willen zu bauen, war zu riskant. Ohne etwas in der Hand zu haben, war er unglaubwürdig und nur wieder der besorgte Ehemann, der alles Mögliche unternahm zugunsten seiner Frau. Und selbst wenn Frau Bänziger die Spur aufnahm: Charly würde einfach leugnen, dass es diese Dokumente gab, wahrscheinlich hatte er sie längst irgendwo anders versteckt, um die Kontrolle über das weitere Vorgehen zu behalten. Ohne die Dokumente musste Klein gar nicht erst versuchen, irgendetwas zu unternehmen.

Als es nach Schabbat an der Haustür klingelte, hatte er bereits vergessen, dass er David einbestellt hatte.

Sie setzten sich in Kleins enges Arbeitszimmer. Rivka, die es sonst nie versäumte, Gästen etwas anzubieten, ließ sich nicht blicken. David hatte den ganzen Schabbat über gespürt, dass Klein fahrig und kurz angebunden war. Er hatte es auf sich bezogen. Schuldbewusst versuchte er zu erklären, weshalb er am Ende so rasch von Zürich Abschied nehmen wollte. Er begann wieder von den Rabbinern in Israel zu erzählen, die ihn aufgefordert hatten, möglichst bald zu kommen, wenn er noch ins laufende Studienjahr einsteigen wollte.

Klein winkte ab. «Ist absolut in Ordnung. Ich nehme dir das nicht übel.»

Davids Kinn zuckte. «Da bin ich beruhigt. Sie wirken nämlich unzufrieden in den letzten Tagen. Und was die Nachhilfe für Rina betrifft ...»

Klein winkte ab. «Vergiss die Nachhilfe. Vielleicht hast

du ja davon gehört, dass Rivka wegen des Mordes an Carmen Singer vernommen wurde. Am Flughafen abgeführt wie eine Schwerverbrecherin, und natürlich hat es jemand aus der Gemeinde gesehen und sofort überall weitererzählt. Sogar seiner Tochter, von der es Rina dann in der Schule erfuhr. Und die Polizei lässt nicht wirklich locker. Die versuchen sie festzunageln, obwohl sie insgeheim wissen, dass ihre Anhaltspunkte sehr wackelig sind.»

David nickte. «Es tut mir sehr leid. Ich wollte Sie darauf nicht ansprechen.»

Klein schwieg einen Augenblick und kratzte sich am Kinn, bevor er sich entschloss weiterzusprechen. «David, du hast doch was auf dem Kasten. Ich möchte dich fragen, was ich machen kann, um diesen Fall zu lösen. Hochvertraulich natürlich. Ich habe nämlich noch ein paar zusätzliche Informationen und Vermutungen. Aber ich weiß nicht, wie ich daraus eine Lösung bauen kann. Vor allem auch, weil mir der Gang zur Polizei verwehrt ist. Aus unterschiedlichen Gründen.»

«Naja», meinte David eher sorgenvoll als geschmeichelt. «Kriminalistische Erfahrung habe ich nicht.»

«Nein – aber du kannst logisch denken und gut kombinieren.» Er legte David alles dar, was er wusste. Das Gespräch mit Frau Bänziger, Rivkas Information über die Damen am Nebentisch im Café, die kurze, feindselige Begegnung mit Frau Lombroso, das Gespräch mit Rosalie und dann Frau Bänzigers verwarnenden Anruf. Vor allem aber die Geschichte über Carmens Safe und den Laptop und die Dokumente im Umschlag mit der Aufschrift «Scheurer». Und die Gründe dafür, weshalb es sinnlos und sogar kontraproduktiv war, zur Polizei zu gehen, solange er nicht im Besitz der Dokumente war und Charly sich diesem Schritt verweigerte.

David hörte aufmerksam zu, gelegentlich zuckte sein Kinn, zuweilen fuhr er sich mechanisch mit der Hand über den Oberschenkel. Nachdem Klein geendet hatte, blieb er einige Zeit bewegungslos sitzen. Schließlich sagte er: «Sie müssen eine Strategie fahren, die zur Folge hat, dass der Täter, oder vielleicht eher die Täterin, sich überführt fühlt, ohne dass Sie Beweise vorgelegt haben.»

Das war Klein, wie er sich eingestand, in diffuser Weise klar gewesen, aber in dieser Klarheit formuliert, klang es nun doch nicht leicht zu bewerkstelligen.

«Sie müssen», fuhr David fort, «anders gesagt, eine Strategie haben, die Ihnen einen glaubwürdigen und chancenreichen Bluff ermöglicht.»

Klein nickte. Er sah, wie David tief konzentriert dasaß und geistig alle Bausteine in unterschiedliche Richtungen schob, um ein möglichst tragfähiges Konstrukt für einen Bluff zu erhalten. «Der Schwachpunkt», sagte er nach einer Weile, «ist tatsächlich, dass Sie für einen Bluff ein bisschen zu wenig darüber wissen, ob und wie Scheurer bei diesem Insidergeschäft festgenagelt werden kann. Und solange das Insidergeschäft nicht klar festzumachen ist, fehlt die ausreichende Grundlage für die Annahme einer Erpressung und damit für ein Mordmotiv an Carmen Singer.»

«Carmen selbst scheint sich ihrer Sache ziemlich sicher gewesen zu sein. Vielleicht hatte sie noch andere Informationen als die, die mir vorliegen. Jedenfalls hat sie offenbar schon klare Pläne gehabt darüber, wo sie sich von den Strapazen der Erpressung erholen würde.»

«Wie meinen Sie das?»

«In dem Couvert, in dem auch die Dokumente über Röbis Geschäfte lagen, befand sich noch ein Prospekt über ein Luxushotel in der Toskana. Das muss ihr da reingerutscht sein.»

«Von diesem Prospekt haben Sie aber vorher nichts erzählt», monierte David mit einer unterschwelligen Strenge in der Stimme, die Klein etwas erschreckte.

«Naja», antwortete er indigniert, «ich habe mich auf das Wesentliche beschränkt.»

«Ich kann mir aber nicht vorstellen, dass etwas, was Frau Singer in diesem Couvert in den Safe gelegt hatte, unwesentlich wäre. Oder einfach reingerutscht, wie Sie meinen. Was war das für ein Hotel? Wie heißt es?»

«Irgendetwas ganz Unspektakuläres, das ist mir aufgefallen», sagte Klein. «Lass mich einen Moment überlegen.» Er legte den Kopf zwischen die Hände und dachte nach. «La collina», sagte er schließlich. «Das ist der Name.»

«La collina», wiederholte David. «Dann sollten wir mal schauen, was wir darüber herausfinden.»

«Und du meinst tatsächlich, hinter diesem Prospekt steckt mehr?»

«Wir müssen einen Missing Link haben. Und wenn es schon im Safe lag, dann müssen wir das jedenfalls prüfen.»

Sie starrten gemeinsam auf den Bildschirm von Kleins Computer. Klein versuchte es mit wechselnden Suchbegriffen. Sie kamen nicht weiter. Davids Idee, jedem Detail Bedeutung zuzuschreiben, war zwar reizvoll, vielleicht auch einleuchtend und jedenfalls kriminalistisch konsequent. Aber auch brillante Köpfe scheiterten manchmal an der Banalität der Wirklichkeit.

Nach einigen Minuten reichte es Klein, diesem Phantom

hinterherzujagen. «Ich hole uns beiden was zu trinken», sagte er.

«Darf ich derweil an Ihrem Computer weitersuchen?»

«Wenn's dir Freude macht.»

Er würde am Ende Charly dennoch irgendwie überzeugen müssen, dass er die Dokumente der Polizei vorlegte. Auch dann musste man den Kreis noch schließen, der tatsächlich auf eine Erpressung hindeutete, wie Charly vermutete. Aber das würde die Polizei leisten können. Deshalb wollte er mit David lieber besprechen, wie man Charly überzeugen konnte, der Polizei das Material auszuhändigen.

Er kehrte mit zwei Gläsern Orangensaft in das stickige Zimmer zurück, wo David immer noch mechanisch herumhämmerte.

«Was gefunden?», fragte er ohne Illusionen.

«Noch nicht.»

«Gib's auf», sagte Klein. «Da», er reichte ihm einen Saft.

«Sagt Ihnen der Name Trocadero etwas?», fragte David, den Blick auf den Bildschirm gerichtet.

«Na klar», sagte Klein. «Macht mich gerade wieder sehnsüchtig nach Paris. Oder meinst du die Schlacht von Trocadero? Da weiß ich weniger drüber. Ich weiß, Historiker und so, aber alles kann man auch nicht wissen. Aber wieso kommst du auf ...»

«Das ist ja ein Ding!», rief David, mehr zu sich selbst. Klein sah auf den Bildschirm – ein Artikel auf Italienisch von irgendeiner toskanischen Regionalzeitung. Die Schrift war zu klein. «Ich kann's nicht lesen», sagte er.

Doch David, anstatt ihn näher heranzulassen, winkte mit einer fast unwirschen Handbewegung ab. Nun war er zum in sich gekehrten, vollkommen auf die Sache konzentrierten

Gelehrten geworden, der keine Störung duldete. Obwohl Kleins Italienisch vermutlich besser war als seins.

Klein schaute resigniert von ferne auf den Bildschirm, wo er nur ein Foto von einigen Häusern erkennen konnte – offenbar das Resort La collina.

Als David fertig war, öffnete er eine neue Seite. Schließlich drehte er sich auf Kleins Drehstuhl um und schaute den vor ihm stehenden Rabbiner mit triumphierendem Lächeln an. «Das Resort La collina ist im Besitz der Trocadero AG in Schwyz. Die Baukosten des Projekts sind offenbar ziemlich aus dem Ruder gelaufen. Es konnte zwar vor rund einem Jahr fertiggestellt werden, doch dem Bauherrn fehlte das Geld, um die Anlage auch in Betrieb zu nehmen. Dafür hat ein paar Monate später ein Schweizer Investor zwei Millionen Franken eingeschossen. Seither ist La collina aktiv. Die Firma Trocadero hat zwei Teilhaber. Den einen Namen kenne ich nicht. Der andere lautet Julia Scheurer.»

David rieb sich die Nase. Ein wenig stolz sah er aus.

«Donnerwetter!», rief Klein. «Nun kannst du mit gutem Gewissen dein Praktikum abbrechen. Ich nehme dir nichts mehr übel.»

Davids Stolz schlug in eine kindliche Erleichterung um. «Das freut mich, Herr Rabbiner, wirklich!»

«Gabriel», sagte Klein. «Von jetzt an einfach Gabriel.»

Klein hatte schweren Herzens eingesehen, dass er nicht um ein Sonntagsprogramm für seine Kinder herumkam. Selten genug waren seine Sonntage frei von Verpflichtungen, zudem hatte es über Nacht ziemlich heftig geschneit. Es bot sich an, irgendwohin zu fahren, nach Hoch Ybrig oder Sörenberg, und mit den Kindern Ski zu fahren. Auch Jenny schien interessiert, doch ihre Ski lagen zu Hause in Rüschlikon, und dort wollte sie nicht hin.

«Können wir nicht welche mieten?»

«Klar doch, mieten wir welche», sagte Klein leichthin und fragte sich, ob er all die Auslagen für dieses Millionärskind wohl irgendwann zurückerhalten würde.

Rivka lieh Jenny einen alten Skianzug von sich, blieb aber selbst unter irgendwelchen Vorwänden zu Hause. Anders als sonst gelang es Klein heute nicht, sie umzustimmen.

Es wurde ein wundervoller, fast wolkenloser Tag mit Pulverschnee auf der Ibergeregg, Dafna und Rina waren so ausgelassen und froh, wie er sie lange nicht mehr gesehen hatte. Ein wenig schwierig war es, Jenny im Zaum zu halten. Sie war eine exzellente Skifahrerin, seit frühen Kindheitstagen auf den Pisten von St. Moritz geschult. Auch wenn sie leise über die zweitklassigen Mietski maulte, wirkte sie aufgedreht und schien kaum in der Lage, Kleins Anweisungen zu folgen und auf die anderen zu warten. Am Ende aber schaffte es Klein, auch weil es nach und nach schattig und kühler wurde, wie geplant mit allen um sechs Uhr wieder zu Hause zu sein. Um halb acht stand er, frisch geduscht und umgezogen, in Röbi Fuchs' Krankenzimmer. Angenehmerweise hatte Röbi keinen anderen Besuch.

Röbi sah bedeutend besser aus als noch vor einigen Tagen. Er schaltete den Fernseher ab, schob den Rolltisch mit den Resten des Abendessens zur Seite und streckte Klein die Hand entgegen. «Ich habe dich schon am Freitag erwartet.»

«Der Freitag war sehr vollgestopft. Ich dachte, da hole ich den Besuch bei dir gesondert nach.»

«Das ist nett, dass ich Vorzugsbehandlung genieße, mein

Lieber.» Röbi lächelte, doch zum ersten Mal seit all den Jahren schien es Klein, dass sein Lächeln etwas Undurchdringliches, Abwehrendes hatte.

Klein erkundigte sich nach den Fortschritten, und Röbi meinte, dass die Ärzte täglich zufriedener mit ihm würden. Dann sprachen sie über Allgemeines. Röbi war fast wieder der Alte und strahlte eine beachtliche Vitalität aus. Er fragte auch nach Kleins Verhältnis zum Gemeindevorstand, was Klein ausweichend beantwortete. Dann wollte Röbi wissen, ob Klein die Briefe des Vaters von Julia Scheurer gelesen habe. Währenddessen kam ein Krankenpfleger, installierte Röbis Infusionen für die Nacht und räumte das Tablett ab.

Klein erzählte ein bisschen von den Briefen Hermann Pollacks und über sein Treffen mit Julia Scheurer.

«Eine Lady, nicht wahr?», fragte Röbi.

«Mit Ladys kenne ich mich nicht so aus», sagte Klein. Dann rückte er seinen Stuhl um wenige Zentimeter näher an Röbis Bett und beugte sich vor. Er sah die weißen Brusthaare unter dem Spitalnachthemd und roch den leichten Altmännergeruch, den Röbi zuvor nie ausgeströmt hatte.

«Aber da wir schon bei Julia Scheurer sind – es gibt da noch etwas, was ich dich fragen wollte. Was fällt dir ein, wenn du ‹La collina› hörst?»

Einen Moment lang flackerten Röbis Augen, dann lächelte er wieder wie zuvor, vielleicht noch eine Spur starrer. «Was sollte mir denn zu ‹La collina› einfallen? Ist das ein Italienischtest oder so was?»

«Oder zur Rhone-Rückversicherung seligen Angedenkens? Oder zu Trocadero?»

Nun verrutschte Röbis Lächeln, er saß plötzlich aufrecht im Bett. «Hört das denn nie mehr auf?»

«Du meinst: nicht einmal jetzt, nachdem Carmen ins Jenseits befördert wurde?»

In Röbis Gesicht, das plötzlich fahl geworden war, spielte sich ein Kampf um den angemessenen Ausdruck ab. Er versuchte die Rückkehr zu seiner krampfhaften Unbeschwertheit, doch er schaffte es nicht. Stattdessen ließ er sich in die Kissen zurückfallen. Wie einer, der aufgegeben hat, schoss es Klein durch den Kopf.

«Was soll das jetzt?», fragte Röbi schließlich krächzend. «Kommt jetzt der Rabbiner und macht dort weiter, wo Carmen Singer aufgehört hat? Ist dies das Resultat für meine Bemühungen um dich?»

Klein begriff erst nach einem Moment und lachte dann unkontrolliert und überlaut auf. «Wie – du glaubst im Ernst, ich möchte dich erpressen? Oder ich hätte mit Carmen unter einer Decke gesteckt?» Er erschrak sogleich über den zweideutigen Ausdruck.

Röbi hielt die Augen geschlossen, wie um einen Albtraum vorübergehen zu lassen. «Was immer du auch willst – ich traue mittlerweile jedem alles zu.»

In Klein stieg ein furchtbarer Zorn hoch. «Da müsstest du dann aber wohl bei dir selbst anfangen, Röbi.»

Röbi antwortete nicht, er lag unbeweglich da, die Augen geschlossen. Der Apparat, der seinen Puls anzeigte, zeichnete beunruhigende Kurven. Nicht dass er mir jetzt wegstirbt, dachte Klein. Mehr aus dieser aufkommenden Furcht heraus als aus Rücksicht auf den Kranken dämpfte er seinen Ton und bemühte sich um ein ruhiges Sprechen.

«Mir geht es darum, die Person zu finden, die Carmen unter den Zug gestoßen hat. Schon nur, damit diese Ermittlungen gegen Rivka aufhören.»

Röbi schlug unvermittelt die Augen auf. «Ermittlungen gegen deine Frau?»

«Davon wusstest du gar nichts?»

«Nein.»

Das klang plausibel. Wieso sollte Rosalie oder sonst jemand aus der Familie ihm das erzählen, wenn sie alle wussten, dass es ein konstruierter Verdacht war, ein strategischer Schachzug, unter anderem gerade mit dem Ziel, Röbi aus der ganzen Geschichte rauszuhalten. Sie hätten ihn frühestens informiert, wenn Rivka definitiv angeklagt oder verurteilt worden wäre.

Klein legte etwas widerwillig, aber dem Drang folgend, den alten Mann zu beruhigen, seine Hand auf die von Röbi. «Schau, ich will dich nicht verhören. Aber statt dass ich gleich zur Polizei renne und es ein Riesentrara gibt, möchte ich einfach gerne von dir hören, was geschehen ist.»

Röbi schloss die Augen wieder für eine Weile. Er schien zu überschlagen, was es für ein Risiko bedeutete, Klein einzuweihen, nachdem dieser schon über vertrauliche Informationen verfügte, und wie weit er dabei gehen sollte. Als er die Augen wieder aufschlug, lag eine Entschlossenheit in seinem Blick, die Klein von früher kannte. Und als er nach kurzem Räuspern zu sprechen anfing, hatte auch seine Stimme wieder an Kraft gewonnen. Der Pulsmesser zeigte wieder schön regelmäßige Wellenlinien.

«Also, ich erzähle alles der Reihe nach. Vielleicht weißt du, dass Guy die Lerchenwald Frères vor etwa fünf Jahren verlassen und sich selbständig gemacht hat.»

«Ja», sagte Klein. Er erinnerte sich, dass Foxi ihm damals etwas davon erzählt hatte.

«Das hat er nicht freiwillig getan», fuhr Röbi fort. «Ich

habe ihn damals rausgeschmissen. Er hat versucht, ein paar unseriöse Geschäfte zu machen, ich habe ihm wiederholt ins Gewissen geredet, und er hat es doch immer wieder versucht. Da ist mir der Kragen geplatzt. Ich habe ihm ein kleines Startkapital gegeben und ihm gesagt, er solle zusehen, wie er selbst über die Runden kommt. Der größte Fehler meines Lebens. Du kannst deinen Sohn aus der Firma schmeißen, aber eben nicht aus der Familie. Solange er noch bei Lerchenwald Frères war, habe ich zumindest noch im Blick gehabt, was er tat, und ich hatte ein Leitungsteam, das sensibilisiert war und Schlimmeres verhindern konnte. Aber in seiner eigenen Firma hat ihm natürlich keiner mehr auf die Finger geschaut. Und trotzdem blieb er der Sohn von Röbi Fuchs. Das hat ihm einerseits eine Menge Vertrauensvorschuss gegeben, denn mein Name war immer tadellos. Andererseits hätte ich auch bedenken müssen, wie schädlich es für Fuchs père und seinen Ruf ist, wenn der Sohn Mist baut und keiner ihn dabei aufhält. Vor etwas mehr als einem Jahr stand er bei mir in der Tür. Schulden in mittlerer zweistelliger Millionenhöhe. Mehrere Gläubiger drohten mit Klage. Ich hatte die Wahl, ihn in den Bankrott und ins Gefängnis gehen zu lassen, oder ihn in einem Kraftakt herauszuhauen, und das so diskret wie möglich. Ich habe das zweite gewählt, vielleicht aus familiärer Sentimentalität, vielleicht aus Angst um meinen eigenen Ruf, vielleicht auch einfach aus einer Eitelkeit, die mir verbot, dass der Name Fuchs überhaupt von einer solchen Geschichte befleckt wird.»

Das Erzählen strengte Röbi doch sichtlich an, auch emotional schien ihm die Sache immer noch oder vielleicht jetzt erst recht zuzusetzen. Er bat Klein um ein Glas Wasser und trank einige Schlucke, bevor er weiterfuhr. «Ich habe sofort mit den Gläubigern Kontakt aufgenommen und einen Vergleich erreicht. Bei denen hatte zumindest der Name Lerchenwald Frères noch Kredit. Aber auch für die vierzig Prozent garantierter Rückzahlung, auf die wir uns geeinigt hatten, musste ich immer noch einiges Familiensilber verkaufen, zwei Liegenschaften beleihen und so weiter. Ein richtiger Aderlass. Dazu musste ich jetzt noch Guy über Wasser halten, der überhaupt nichts mehr besaß. Denn dass er zunächst einmal alles versilberte, was ihm gehörte, war natürlich die Grundbedingung des ganzen Deals.»

Klein nickte langsam. Er dachte an Foxis Maserati, der so leicht fror – und in wessen Garage der wohl inzwischen tatsächlich stehen mochte.

«Immerhin konnten wir damit eine Klage abwenden. Und auch, dass die ganze Chose öffentlich wurde. Es gab hier und da Gerüchte, aber der Satz ‹der Vater hat's gerichtet› hat die Angelegenheit auf kleinem Feuer halten können. Bloß begann nun Simone sich zu beklagen, weil die Sache natürlich ihren Erbteil angefressen hatte, und das nicht zu knapp.» Röbi trank nochmals einen Schluck.

Klein nutzte die Pause, um einzuwerfen: «Und damit war die Grundlage gegeben, dass auch Fuchs père sich auf unseriöse Geschäfte einließ.»

Röbi hielt ihm das leere Glas hin, damit er es zurück auf den Tisch stelle. «Unseriöse Geschäfte. Das sagt sich so leicht. Christoph Scheurer ist ein Kunde von mir. Schon seit Jahren. Dann geriet er mit seiner Immobilienfirma ebenfalls in Schwierigkeiten wegen dieser schlampigen Baupraxis in Italien.»

«Seine Immobilienfirma? Ich dachte, die gehört seiner Frau und noch jemandem.»

«Den anderen Teilhaber kenn ich nicht. Aber seine Frau ist selbstverständlich nur pro forma Mitbesitzerin. Die interessiert sich für die Geschäfte nicht, die macht irgendwas in der Wohltätigkeit. Scheurer wollte aus mehreren Gründen nicht als Teilhaber firmieren. Irgendwann hat er mich verblümt gefragt, ob ich mir eine Investition in seine Immobilienfirma vorstellen könnte, wenn er mir eine vorteilhafte Information vermittelt. So kamen wir ins Geschäft. Er hat mir von seiner Bank einen Kredit verschafft, mit dem ich die Rhone-Optionen erwerben konnte. Es war eine todsichere Sache. Die Verträge waren bereits unterschrieben, der Deal wurde nur geheimgehalten, solange noch an einem Sozialplan gearbeitet wurde.»

«Eine todsichere Sache ist ja ein Insidergeschäft immer. Und je mehr Stellen gestrichen werden, desto mehr steigen dann die Aktien, nicht?»

«Ach, lass doch dieses Sozialgesülze.»

«Jedenfalls wurde der Gewinn dann halbe-halbe aufgeteilt.»

«Ungefähr darauf lief es hinaus. Aber abgemacht war: zwei Millionen für Scheurers Firma, den Rest für mich. Rund zweieinhalb Millionen.»

«Um Simones Erbe wieder etwas aufzupäppeln.»

Röbi schwieg, schaute auf seine Hände. Dann blickte er Klein direkt in die Augen. «Ich bin ein unmoralisches Arschloch. Das denkst du, was?»

«Was ich denke, Röbi, ist doch unerheblich. Tatsache ist, dass du dich strafbar gemacht hast und Christoph Scheurer ebenfalls. Und dass Carmen von diesen krummen Geschäften dann auch noch Wind bekam. Wie passierte das denn?»

Röbi hatte die Augen wieder geschlossen. Klein stand

kurz auf, denn inzwischen hatte er einen ziemlichen Durst. Auf einem Tisch in der Ecke des Zimmers standen zwei in Plastik eingepackte Becher, er holte sich einen und schenkte sich Mineralwasser ein. Als er zum Bett zurückkam, schnarchte Röbi leise. Seine Nase stand etwas vom Gesicht ab, wie Klein es auch schon bei Toten gesehen hatte.

12

Liebe Elisabeth,
wenn ich eine Tochter hätte, sollte sie Sulamith heißen – wie das Mädchen im Hohenlied. Doch wenn ich je eine Tochter haben werde, wird sie nicht Sulamith heißen. Wenn ich eine Tochter haben werde, dann werde ich sie mit einer Frau haben, die ihre Tochter nicht Sulamith nennen wird. Das jüdische Kapitel in meinem Leben ist beendet. Du bist das jüdische Kapitel in meinem Leben, und ich habe beschlossen, nach all den Monaten in Davos, wo ich wieder nur Jude unter Juden sein durfte – das war's.
Wenn ich eine Tochter haben werde, dann soll sie Julia heißen, eine andere Liebende der Literatur, die das Vollkommene ihrer Liebe nur leben kann, wenn der Geliebte nicht zu haben ist. Julia wird mich an Sulamith erinnern, wie Sulamith mich an Gott erinnern würde, wie Gott mich daran erinnern würde, dass ich einmal Jude war, mit Dir.
Dein H.

«Manche erben das Vermögen ihrer Eltern, andere das Unvermögen.» Bei diesem Spruch seines Vaters hatte Klein reflexartig immer an Foxi gedacht, natürlich als Teil der ersten Gruppe. Nun war Foxi, zusammen mit Röbi, plötzlich in die zweite gerutscht. Nachdenklich trat Klein aus dem Universitätsspital. Draußen lag der Schnee hoch aufgeschichtet neben der freigeräumten Autozufahrt. Klein beschloss, nicht sofort heimzufahren, sondern im Niederdorf noch etwas zu trinken. Er machte einen kleinen Umweg, ging ein Stück die Rämistrasse entlang, stieß dann über den Neumarkt hinunter in Richtung Innenstadt und strich durch die schmalen Gässlein, die Synagogen- und die Froschaugasse, in denen die mittelalterliche jüdische Gemeinde gelebt hatte – einzelne freigelegte Wandmalereien in den Häusern zeugten davon. Vor so langer Zeit hatten Juden schon hier gelebt, dachte er, nicht in irgendeinem Ghetto, sondern mitten in der Stadt, und doch waren sie immer die Junkies der Gesellschaft gewesen, mittendrin und doch am Rand, verrückte Gesellen eigentlich, die sich Hüte aufzwingen ließen in der Form von umgedrehten Melkschemeln und hässliche gelbe Flicken noch auf den erlesensten Kleidern, die horrende Sondersteuern zahlten und zuweilen hastig die Koffer packten, um dem Mob oder den Behörden zu entkommen, die sie trotz alledem nicht mehr aushalten mochten. Und das alles, um einem Gott treu zu bleiben, der anders tickte als der Gott der anderen, obwohl es angeblich derselbe war.

Klein ging über den Zähringerplatz, an der Zentralbibliothek vorbei, die in ihm die nostalgische Erinnerung an seine Studien- und Doktoratszeit weckte. Er trauerte dem gepflegten Buchgeschäft in der Mühlegasse nach, das gegenüber der Bibliothek einst zum Verweilen vor dem Schaufenster eingeladen hatte und das es längst nicht mehr gab, er bog nach links in Richtung der Rudolf-Brun-Brücke ab, dann rechts in die Niederdorfstrasse ein, wo abendlicher Betrieb herrschte, gedämpft durch den Schnee. Er ging an den verschiedenen Kneipen, Nachtklubs und den erleuchteten Schaufenstern von Modeboutiquen, Sportschuhgeschäften und einer Schreibwarenhandlung vorbei bis fast zum Central, trat in eine der Kneipen, wo ihm verbrauchte Luft und ausgelassener Lärm entgegenschlugen. Er setzte sich an die Ecke eines soliden Holztischs, auf dessen anderer Seite ein nicht sehr verliebt aussehendes Paar schweigend bei Bierkrügen saß, und bestellte eine Stange. Den Hut legte er neben sich auf einen Stuhl und setzte die Kippa auf.

Während er auf sein Bier wartete, schickte er eine Nachricht an Tobias Salomon, dass David Bohnenblust aus privaten Gründen sein Rabbinatspraktikum abbreche und morgen nach Israel auf die Jeschiwa zurückkehre. Dann überlegte er, wie er in der Sache Carmen Singer fortzufahren habe. Nach kurzer Zeit näherte sich ihm ein jüngerer Mann mit einem Hemd, das in schreienden Farben geblümt war, und einem Panamahut auf dem Kopf. Ganz offensichtlich war er angetrunken. Klein ging in Abwehrstellung, als der Mann leicht schwankend so nahe vor ihm stehen blieb, dass er die Alkoholfahne roch. «Schalom», rief der Mann laut und leicht lallend mit schweizerdeutschem Akzent, «am israel chai!» Er streckte Klein die Hand hin. Klein lächelte peinlich berührt und bat darum, in Ruhe sein Bier trinken zu dürfen. «Ja, dann halt nicht», sagte der Angetrunkene und machte ohne weiteres Aufheben kehrt. Klein spürte die bohrenden Blicke des Paars vom anderen Tischende. Es brauchte eine ganze Weile, bis er wieder einen vernünftigen Gedanken fassen konnte.

Schließlich gelang es ihm, das Gespräch mit Röbi zu rekapitulieren. Tatsächlich hatte er einige Details mehr erfahren über diese ganze Geschichte, aber im Wesentlichen kaum etwas, was er sich aus Carmens Unterlagen und mit Davids Hilfe nicht selbst hatte zusammenreimen können. Er hatte das Gefühl, dass es keinen großen Sinn hatte, bei Röbi weiter zu bohren. Im schlimmsten Fall würde er ihm vor Aufregung wegsterben. Er musste anderswo weitermachen. Dort, wo es wirklich brisant wurde. Wo man von der Betrugsgeschichte zum Mord vordringen konnte. Bei Rosalie oder bei Julia Scheurer. Er entschied sich für Rosalie, die ihn beim letzten Mal so gnadenlos und triumphal abserviert hatte. Er wollte sie schon anrufen und suchte im Internet nach ihrer Nummer, hielt dann aber inne. Es wäre klüger, morgen mit ihr zu sprechen. Dann würde Röbi sie wohl schon informiert haben über seinen heutigen Besuch. Er steckte das Telefon wieder ein und schaute erwartungsfroh auf sein noch fast volles Bier. Sein Telefon vibrierte, und er sah, dass Tobias Salomon ihn zu erreichen versuchte. Er schmunzelte. Ein guter Grund, eine weitere Stange zu bestellen.

Nach dem zweiten Bier fühlte sich Klein so benommen, als hätte er drei Schnäpse getrunken. Er legte das Geld auf den Tisch und verließ das Lokal. Bevor er am Central zur Tramstation ging, stellte er sich ans Geländer der Limmat, schloss einen Moment die Augen und atmete durch. Jetzt, dachte er, wäre er wohl auch fähig, jemandem die Hand hinzustrecken und «am israel chai» zu rufen. Er lachte laut auf, als ihm der Gedanke kam. Doch die kalte Abendluft half ihm, sich bald nüchterner zu fühlen. Er ging langsamen, aber sicheren Schrittes zur Tramstation. Da auf der Anzeige das nächste Tram erst in acht Minuten angekündigt war, nahm er das Handy hervor und rief Tobias Salomon zurück.

«Herr Rabbiner», kam dieser sofort zur Sache, «was Sie mir vorhin geschrieben haben, ist ja hoffentlich nicht Ihr Ernst.»

Einen Moment versuchte Klein sich krampfhaft zu erinnern, was er Salomon geschrieben hatte. Er gab eine möglichst allgemeine Antwort. «Herr Salomon, ich käme nie auf die Idee, Ihnen irgendwelche Scherznachrichten zu schicken. Dafür ist unser beider Zeit zu kostbar.»

«Aber so geht das doch nicht, Herr Rabbiner! Ich als Verantwortlicher für das Synagogen- und das Friedhofswesen erhalte gerade mal vierundzwanzig Stunden vor dem Abgang unseres Rabbinatspraktikanten gnädigerweise Bescheid, dass er sich davonmacht? Wie stellen Sie sich denn das vor?»

Ach ja, vom Weggang Davids hatte er an Salomon geschrieben! «Es war ein spontaner Entschluss von Herrn Bohnenblust.»

«Ja, entschuldigen Sie mal, der kann ja nun nicht einfach schalten und walten, wie er will. Da gibt es doch verantwortliche Instanzen, mit denen man sich absprechen muss.»

«Das hat er ja getan. Er hat mir das umgehend mitgeteilt.»

«Also bei allem Respekt vor Ihrer Person und Ihrem Amt, Herr Rabbiner, aber Sie sind da nicht die entscheidende Instanz.»

«Sondern die sind Sie, Herr Salomon. Habe ich recht?»

Auf der anderen Seite herrschte einen Augenblick verunsichertes Schweigen. Schließlich kam eine bemüht selbstsichere Antwort. «Ja, so kann man das sagen. Die entscheidende Instanz in diesem Fall bin ich. Ich habe so etwas zu genehmigen. Wir können hier doch keine Anarchie eröffnen.»

«Anarchie?», fragte Klein.

Aber Salomon überhörte die Frage. Er kam zum übergeordneten Zweck seines Anrufs. «Wissen Sie, Herr Rabbiner, es scheint mir langsam, als müssten wir hier die Kompetenzen mal richtig klären. So kann das nicht weitergehen. Ich werde eine Sitzung mit Ihnen, dem Gemeindepräsidenten und mir einberufen, damit da gewisse Dinge verbindlich geregelt werden.»

Der Gemeindepräsident, ein ehemaliger Pelzgroßhändler, war das Gegenteil von Röbi Fuchs. Ein auf Ausgleich bedachter, dafür aber auch schwacher Präsident. Er würde sich von Salomon leicht unter Druck setzen lassen, um die Kompetenzen des Rabbiners zu beschneiden und ihn für jeden Unsinn rechenschaftspflichtig zu machen.

«Das ist eine gute Idee», sagte Klein.

Salomon, der Widerstand erwartet hatte, reagierte irritiert. «Ja dann also, Sie hören wieder von mir.»

«Sehr gerne», sagte Klein. Und als er hörte, dass Salomon schon ansetzte, sich zu verabschieden, fügte er hinzu: «Übrigens wollte ich Ihnen auch noch für das interessante Treffen mit den Leuten aus Mailand vergangene Woche danken.»

«Keine Ursache», sagte Salomon mit ebenso ungläubiger wie geschmeichelter Stimme. «Aber das war ja nun nicht allein meine Initiative. Ich meine, einen gewissen Anteil hatte ich natürlich schon.»

«Das ist mir voll und ganz klar», fuhr Klein in betonter Freundlichkeit fort, «und ich kann Ihnen versichern, dass besonders der Kontakt zu einem meiner Kollegen aus Mailand sich dadurch sehr intensiviert hat.»

«Das freut mich sehr», flötete Salomon.

«Wissen Sie, ich habe mit ihm vor allem hinsichtlich der Frage von Etagengräbern korrespondiert. Das war sehr aufschlussreich.»

«Ach ja?», sagte Salomon. In seiner Stimme war nun eine unterschwellige Skepsis auszumachen.

«Ja, er hat da ein beeindruckendes Wissen offenbart und mir eine ganze Anzahl neuer Quellen erschlossen. Vor allem auch solche, die der ganzen Angelegenheit kritischer gegenüberstehen als die von mir zitierten. Es wäre nun zu überlegen, ob ich diesen Entwurf, den ich Ihnen geschickt habe, nicht doch nochmals überarbeite bis zur Gemeindeversammlung. Das täte mir zwar leid, wäre aber womöglich angezeigt, gerade auch wegen unserer orthodoxeren Mitglieder.»

Salomons Stimme klang nun säuerlich. «Ich maße mir ja nicht an, Herr Rabbiner, in diesen Dingen ein kompetentes Urteil zu sprechen, aber wie ich Ihnen schon gesagt habe, halte ich Ihr jetziges Gutachten für ausgewogen und informativ. Ich hoffe sehr, dass es auch ohne Einarbeitung dieser kritischeren Stellungnahme noch eine halachisch einwandfreie Darlegung ist.»

«Da bin ich gerade am Abwägen. Aber jedenfalls, was dieses Treffen mit dem Präsidenten wegen meiner Kompetenzen betrifft ...»

Tobias Salomon hatte den Wink verstanden. «Ja, da schauen wir. Hat ja vielleicht auch noch Zeit, Herr Rabbiner. Ich habe im Moment auch beruflich ziemlich viel um die Ohren. Und richten Sie Herrn Bohnenblust aus, wir wünschen ihm natürlich nur das Beste.»

«Mach ich gern, Herr Salomon. Auf Wiedersehen.»

«Auf Wiedersehen – und das Gutachten, das kann doch so bleiben, denke ich. Nicht wahr?»

Klein tat, als hätte er diesen Satz nicht mehr gehört, und legte auf.

Diesmal war es eine Haushaltshilfe, die Klein öffnete, als er am Montagvormittag gegen elf Uhr bei Rosalie klingelte. Sie wirkte verunsichert angesichts des unbekannten Mannes mit Hut und dunklem Mantel, der nach Frau Schneidinger fragte. Sie müsse nachschauen. Doch aus dem Salon kam ihm Rosalie schon entgegen. «Ach, der Herr Rabbiner», sagte sie mit ausgesuchter Freundlichkeit. «Juanita, bitte nehmen Sie dem Herrn Rabbiner doch den Mantel ab und machen Sie ihm einen Kaffee.» Sie wandte sich wieder Klein zu. «Natürlich nur, wenn dir nach einem Kaffee ist.»

Sie verhielt sich so, wie Klein erwartet hatte.

«Doch, gerne. Zu Kaffee sage ich selten nein.»

Sie setzten sich in den Salon und plauderten ein wenig, bis Juanita den Kaffee serviert und die Tür des Salons hinter sich geschlossen hatte.

«Ich nehme an», sagte Klein nach dem ersten kleinen Schluck aus der hauchzarten Porzellantasse, «du hast heute schon mit Röbi gesprochen.»

«Vor halb acht Uhr morgens hat er mich angerufen», sagte Rosalie. «Und mir von deinem Besuch gestern erzählt.» Sie schien nicht wütend, sondern nur äußerst sorgenvoll.

«Ja, es ist eine unselige Geschichte», sagte Klein. «Und er hat mir alles erzählt, bis dahin, wo es eigentlich für mich interessant wird. Bis dort, wo Carmen ins Spiel kommt. Wie wusste sie überhaupt von den ganzen Deals zwischen Röbi und dem Ehepaar Scheurer. Und wie kam sie an die Dokumente heran?»

Im Gegensatz zum vergangenen Besuch Kleins schien Rosalie nun eher beflissen, ihm die ganze Wahrheit zu erzählen – sie schien verstanden zu haben, dass jedes Versteckspiel ihre Situation verschlechtern konnte.

«Panne im Intranet der Firma. Rückwirkend war der Computerexperte, den Röbi beizog, nicht mal sicher, ob es nicht absichtlich gehackt worden war. Das konnte aber nicht schlüssig geklärt werden. Jedenfalls waren ein paar Stunden lang private Daten ohne spezielles Kennwort für die Mitarbeitenden einsehbar. Röbi ging eines Abends nochmals ins Büro, er glaubte, es sei niemand da, aber durch einen Glasstreifen neben der Bürotür von Carmen kam ein schwaches Licht. Er ging hinein und fand sie bei ausgeschaltetem Licht am Computer. Er erkannte sofort, dass sie sich da Dokumente heruntergeladen hatte, die sie nichts angingen. Er stellte sie zur Rede, und sie sagte ziemlich unverfroren, dass sie Zugriff auf seine privaten Abwicklungen habe und sich das genauer anschauen wolle. Er schickte sie natürlich sofort nach Hause, mit der Aufforderung, sich nicht mehr blicken zu lassen. Er sah auch, dass sie einiges ausgedruckt hatte. Darunter waren keine brisanten Dokumente. Auch das CD-Fach war leer. Somit war er einigermaßen beruhigt. Dennoch wollte er es mit Carmen nicht auf einen Showdown ankommen lassen und einigte sich mit ihr auf eine reguläre Kündigung mit drei Monaten Frist.»

«Aber wieso schnüffelte sie überhaupt herum? Warum gefährdete sie damit ihren Arbeitsplatz?»

«Soweit ich weiß, war sie bei der Arbeit seit langem unzufrieden. Sie verlangte mehr Kompetenzen, aber auch bedeutend mehr Lohn. Sie empfand sich als vollkommen unterbezahlt. Doch darauf ging Röbi nie ein. Er gab ihr wohl auch manchmal zu spüren, dass er sie auf dein Drängen hin eingestellt hatte, als sie gezwungen war, nach der Scheidung mehr zu arbeiten. Und wenn es ihr nicht passte, sagte er ihr einmal, könne sie gehen. Die Stimmung war schon länger angespannt. Deshalb suchte sie offensichtlich nach einem anderen Weg, an mehr Geld zu kommen.»

«Carmen hatte aber doch mehr Material als das, was Röbi im Drucker fand. Und vor allem brisanteres.»

«Er machte sich später schreckliche Vorwürfe, dass er sie nicht gezwungen hatte, ihre Tasche zu leeren. Das war ihm in dieser Situation einfach entgangen. Nächtelang konnte er nicht schlafen. Doch dann geschah viele Wochen lang nichts, und er beruhigte sich wieder.»

«Bis sie eines Tages zuschlug.»

«Genau. An einem Tag kamen, von drei verschiedenen Orten abgeschickt, drei Couverts bei Röbi zu Hause an. Eines mit den Auszügen zu seinem Optionsgeschäft mit der Unterland-Versicherung, eins mit Kopien eines Prospekts von diesem La collina und eins mit der Aufforderung, sie anzurufen.»

«Wie ist sie überhaupt auf diese Verbindung von Röbi mit La collina gekommen?»

«Das Geld an die Firma Trocadero, die La collina betreibt, wurde als Investition der Lerchenwald Frères überwiesen. Diesen Auftrag hat Carmen im Controlling ganz regulär vorgelegt bekommen. Und offenbar hat sie irgendwann im Handelsregister diese Firma überprüft und den Namen Scheurer gefunden. Später musste sie nur das Optionengeschäft mit der Unterland und die La collina-Geschichte miteinander verbinden. Vielleicht hat das auch die paar Wochen gedauert, in denen sie geschwiegen hat.»

«Das heißt, die ganzen viereinhalb Millionen Gewinn flossen in Simones Erbschaftskasse. Und die Zeche an Scheurer zahlte die Firma.»

«Die Firma gehört ja sowieso Röbi, das macht keinen Unterschied. Aber wieso redest du von Simones Erbschaft?»

«Das hat mir Röbi gesagt. Nach seiner Feuerwehraktion

für Foxi – pardon, für Guy – habe Simone Druck gemacht, weil ihre Erbschaft massiv angeknabbert worden sei. Deshalb hat er sich doch auf diese ganze Sache überhaupt eingelassen.»

Rosalie wiegte den Kopf hin und her, die Augen zu Schlitzen verengt. «Da lügt er sich, glaube ich, selber in die Tasche. Mag sein, dass das eine Rolle gespielt hat. Aber Röbi ist nicht der Geschäftsmann, der nur für Geld unlautere Geschäfte macht. Der weiß, mal gewinnt man, mal verliert man. Und auch wenn das mit Guy eine furchtbare Sache war und Simone sich beklagte – darüber hätte er noch nicht den Kopf verloren. Ich glaube, es gibt einen ganz anderen Grund, weshalb er sich auf dieses Geschäft mit Scheurer eingelassen hat.»

«Und der wäre?» Klein trank den letzten Schluck des jetzt lauwarmen Kaffees aus.

«Weißt du, jemand wie Röbi, der hier auf dem Zürichberg residiert, seit Jahrzehnten eine alteingesessene, gutgehende Firma führt, viele Jahre die Cultusgemeinde präsidiert hat und auch in einigen anderen jüdischen Gremien eine große Nummer war, der war in der Zürcher Gesellschaft einfach nicht existent. Natürlich hat er als Gemeindepräsident immer wieder alle möglichen Politiker getroffen. Und beruflich hat er auch mit einigen größeren Tieren aus der Wirtschaft verkehrt. Doch echte gesellschaftliche Teilhabe hat man ihm nicht gewährt. Ich möchte ja nicht mal von diesen elitären Zünftlern reden. Aber vor einigen Jahren hat sich Röbi ein größeres Boot gekauft. Ein vollkommener Blödsinn – was macht Röbi auf dem See? –, wir haben auf diesem teuren Kasten vielleicht vier oder fünf Sonntage verbracht, und Röbi musste immer extra jemanden anstellen, der uns rumgefahren und an diesen Segeln gezogen und rumgedreht hat, weil er das natürlich gar nicht konnte und es ihn auch nicht interessierte. Die ganze Übung hatte nur einen Zweck: Er wollte Mitglied im Yachtklub werden. Auch das hat er nicht offen zugegeben, aber zwei Wochen, nachdem er den Kahn gekauft hatte, hat er einen Mitgliederantrag gestellt. Keine Chance.»

«Die wollten keine Juden?»

«Du weißt ja, wie das hier ist. Von diesen Notablen würde keiner hinstehen und sagen: ‹Juden haben bei uns keinen Platz.› Nicht nur des Skandals wegen – so was tut man in der Schweiz einfach nicht. Aber man findet hundert Gründe. Die Anlegeplätze sind auf Jahre hinaus vergeben, das Boot ist zu groß oder zu klein, oder nur Leute mit genau diesen Segelscheinen werden derzeit aufgenommen, oder was weiß ich. Keine Chance jedenfalls für Röbi Fuchs. Es dauerte eine Weile, aber irgendwann hat er die Botschaft verstanden. Nach einem Jahr hat er das Boot wieder verkauft. Und nun plötzlich kommt Christoph Scheurer, bietet ihm ein krummes Geschäft an, bei dem viel Geld rausschaut, und irgendwann lässt er einfließen: ‹Sie wären übrigens meiner Ansicht nach eine Bereicherung für unsere Sektion des Rotary Clubs. Wären Sie einverstanden, wenn ich Sie da mal vorschlagen würde?› Der wusste genau, wie er ihn rumkriegt.»

Klein blickte sie schräg an. «Wegen eines Serviceclubs ein krummes Ding drehen? Das kann ich mir nicht vorstellen.»

«Du bist auch nie an diese gläsernen Decken der oberen Klassen gestoßen, Gabriel. Bei allem Respekt, da hast du zu wenig Einblick.» Sie starrte vor sich hin, gab sich dann einen Ruck. «Aber zurück zu der eigentlichen Sache mit Carmen. Als Röbi Carmens Post öffnete, erlitt er seinen Herzinfarkt. Wir konnten ihn rechtzeitig ins Spital bringen. Ich habe die Kinder angerufen und mich mit ihnen beraten. Wir wussten alle von diesen Geschäften nichts und mussten uns die Geschichte mühsam und hektisch zusammenreimen, während Röbi an den Schläuchen hing. Simone fand, dass Guy in der ganzen Geschichte nichts zu sagen habe. Sie gab ihm die Schuld, dass es so weit gekommen war. Seither streiten sich die beiden ohne Ende.»

Klein dachte an die Szene, die er im Spital vor Röbis Zimmer beobachtet hatte, und auch an Foxis Bemerkung damals im Zug, er hoffe, seine Schwester sei trotz der gesperrten Strecke noch heimgekommen. Da war in Wirklichkeit wohl eher die Befürchtung im Spiel gewesen, Simone im Spital anzutreffen, als die Sorge um ihre reibungslose Heimkehr.

«Dann habt ihr jedenfalls beschlossen, Carmen anzurufen. Wie sie es verlangt hatte.»

«Welche Wahl hatten wir denn? Sie wollte natürlich mit Röbi sprechen. Als sie hörte, dass er einen Herzinfarkt hatte, glaubte sie zuerst, wir wollten sie übers Ohr hauen, dann war sie sehr besorgt. Wenn er gestorben wäre, hätte ihr ganzer schöner Plan Schiffbruch erlitten. Sie hat dann akzeptiert, dass ich an Röbis Stelle an dem besagten Mittwoch um halb vier ins *Siena* käme. Dass dort dann auch Julia Scheurer sitzen würde, wusste ich nicht.»

Clever organisiert, dachte sich Klein. Carmen ging davon aus, dass Rivka nach vier Uhr im *Siena* auftauchen würde – sie hatte sie offenbar schon eine Weile beobachtet. Und nun konnte sie beide Fliegen mit einem Schlag erwischen. Oder besser: Zuerst die eine, dann die andere, schön der Reihe nach.

«Carmen wollte die viereinhalb Millionen, nehme ich an», sagte Klein.

Rosalie sah ihn mit einer Mischung aus Bewunderung und Misstrauen an. «Woher weißt du das?»

«Ich habe geraten.»

«Alle Achtung!»

«Und wie sollte sie an dieses Geld gelangen, ohne dass die Überweisung solcher Summen auffallen würde? In bar?»

«Sie hatte das aufgeteilt, in unterschiedliche Arten von Überweisungen und Übergaben. Sie war ja Betriebswirtin, da musste man ihr nichts beibringen. Und sie wirkte ausgesprochen locker, fast mitfühlend, so fest hatte sie uns in der Hand.»

«Und wie habt ihr reagiert?»

«Nachdem uns Carmen ihren Plan detailliert dargelegt hatte, hat sie sich allein an einen anderen Tisch gesetzt. Sie hatte uns eine Frist von einer Woche gegeben. Ich war wie gelähmt, Julia eine Mischung aus verzweifelt, hilflos und wütend, wie ich das noch selten bei einem Menschen gesehen habe. Sie wollte sofort aufstehen und gehen, doch ich habe sie ermahnt, das nicht zu tun. Zumindest äußerlich, fand ich, mussten wir die Ruhe aufrechterhalten und noch ein paar Minuten sitzen bleiben. So erlebten wir kurz danach aus nächster Nähe den Auftritt von Carmen und Rivka.»

«Der dann am Ende zur Zeugenaussage von Frau Lombroso führte.»

Rosalie schaute Klein in die Augen, ähnlich wie bei seinem ersten Besuch. Ihre Zerknirschtheit und Offenheit war von einem Augenblick zum andern einem kalten, arroganten Ausdruck gewichen. «Dazu sage ich nichts.»

«Wie, dazu sagst du nichts? Hier kommen wir doch an den

Kern des Problems! Wer hat Carmen getötet? Wer hat wen geschützt? Wenn die Polizei mal so weit ist wie wir beide jetzt, möchtest du ihnen dann auch einfach ins Gesicht werfen, dass du dazu nichts sagst?»

So rasch die Kälte in Rosalies Augen getreten war, so rasch verschwand sie wieder daraus. «Es war eine Panikreaktion von mir.»

«Was war eine Panikreaktion?»

«Als ich am Samstag nach Carmens Tod im Internet las, dass ein Mord vermutet wurde und das Bild der verdächtigen Person im Video sah, da habe ich gleich gedacht, es könnte sich um Julia handeln. Doch es war auch möglich, dass es Rivka war, zumindest theoretisch. Denn mir war natürlich im *Siena* auch aufgefallen, dass sie den gleichen Mantel trugen – oder fast den gleichen, die Farbe war ein bisschen anders. Ich dachte sofort, ich müsse um jeden Preis verhindern, dass Julia in die Schusslinie käme. Denn wenn sie überführt würde, dann würde auch Röbi drankommen für seine Insidergeschäfte. Also musste ich eine andere Fährte legen. Und immerhin hatte ja Rivka Carmen auch bedroht.»

«Aber natürlich konntest du die Fährte nicht selbst legen. Das hätte gleich Nachforschungen zur Entlassung von Carmen bei Lerchenwald Frères ausgelöst. Also bist du zu Frau Lombroso gegangen und hast ihr diese Zeugenaussage nahegelegt.»

Rosalie zögerte eine Sekunde, bevor sie auch noch das letzte symbolische Bisschen ihrer Strategie preisgab.

«Ja. Das habe ich getan. Sie hatte hinter der Bar zwar etwas vom Streit zwischen Rivka und Carmen gesehen, aber akustisch nicht verstanden, worum es ging. Ich sagte es ihr und machte ihr klar, dass ich die Aussage gern selber machen würde, aber da es sich bei Rivka um eine nahe Bekannte handle, wollte ich das nicht tun. Sie würde also nur etwas erzählen, was ohnehin stimmte, in diesem Sinne keine Falschaussage. Und schließlich ginge es darum, der Polizei bei der Aufklärung eines Mords zu helfen.»

«Und da hat Frau Lombroso natürlich sofort begeistert zugestimmt. Wer will denn nicht der Wahrheitsfindung dienen!»

«Naja, ich habe natürlich nicht mit ihr gesprochen, ohne ihr ein Couvert zuzuschieben», meinte Rosalie und schaute in eine andere Richtung.

«Was sie bestimmt umso deutlicher davon überzeugt hat, dass es dir nur um die Unterstützung der Polizei bei ihren Ermittlungen ging.»

«Wie dem auch sei, es war eine Riesenidiotie von mir. Eine Überreaktion.»

«Und teuer dazu. Unter ein paar Tausend wird sie es kaum gemacht haben. Ich sage deshalb immer: Am Schabbat kein Internet. Du hättest dir alles ersparen können, wenn du einen kühlen Kopf behalten hättest.»

Rosalie schaute ihn befremdet an. «Findest du, es ist Zeit für blöde Witze?»

«Ich glaube, die blödesten Witze sind in dieser Geschichte nicht von mir gekommen. Auch nicht der blöde Witz, Frau Lombroso nochmals aufs Kommissariat zu hetzen, nachdem ich mit ihr und mit dir gesprochen hatte.»

Sie schwiegen beide für eine Weile. Diese Version war also die richtige: Rosalie hatte Frau Lombroso nochmals bei Frau Bänziger anrufen lassen.

«Und wer hat nun den Mord begangen?», fragte Klein schließlich.

Rosalie zuckte die Schultern. Sie schlug die Hände vors Gesicht. Fast unbeweglich saß sie da, nur ganz leise zitternd, bis plötzlich ein gewaltiges Schluchzen ihren ganzen Körper auseinander- und wieder zusammenzog. Innert Sekunden mutierte er vom Befrager zum Seelsorger, hockte sich vor ihr auf den Boden, berührte sie leicht am Arm und hielt ihr mit der anderen Hand eine Packung Taschentücher hin.

«Putz dir mal die Nase», sagte er besänftigend. Sie löste nach einer Weile die Hände vom Gesicht und griff nach einem Taschentuch, schneuzte hinein, putzte sich mit einem weiteren notdürftig die zerlaufene Schminke weg und setzte sich langsam wieder auf. Aus einem Wasserkrug, den Juanita auf das Tablett mit dem Kaffee gestellt hatte, schenkte er ihr ein Glas ein, und sie trank einen Schluck. Klein glaubte ihr, dass sie nicht wusste, wer den Mord tatsächlich begangen hatte. Oder klarer ausgedrückt: Ob es wirklich Julia Scheurer gewesen war.

«Geh jetzt bitte», sagte Rosalie schließlich.

«Kann ich dich allein lassen?»

Sie nickte aufatmend, um einen tapferen Ausdruck bemüht, wie ein Kind, dem man ein Pflaster auf die Platzwunde am Knie geklebt hat.

Siebenmal hintereinander, so zeigte das Display, hatte Rivka ihn in der vergangenen halben Stunde zu erreichen versucht; er hatte das Telefon auf stumm geschaltet. Bevor er losfuhr, rief er sie zurück. Er merkte am Ton ihrer Stimme, dass sich etwas geändert hatte.

«Gabriel, mein Lieber, vorhin hat Frau Bänziger angerufen. Die Ermittlungen gegen mich sind vorläufig eingestellt. Sie folgen einer anderen Spur. Sie hat wohl diese Frau Lombroso nochmals befragt. Daraufhin hat sie ihre Aussage zurückgezogen. Wenn du wüsstest, wie erleichtert ich bin.»

«Das ist wunderbar, Rivka – wunderbar. Hat sie sonst noch etwas gesagt?»

«Ja, doch», sagte Rivka, als müsse sie es aus der Tiefe der Erinnerung hervorkramen. «Ich könne mich bei meinem Mann bedanken, hat sie gesagt. Tut mir leid, dass ich so rüde war zu dir. Offenbar hat deine Aktion doch etwas gebracht.»

«Siehst du, ich kann es doch mit meiner Frau Bänziger», sagte Klein. Dass er auch bei Frau Lombroso gewesen war, wusste Rivka weiterhin nicht, das konnte auch so bleiben.

Er wollte soeben losfahren, als ein dunkelblauer Wagen ziemlich rasant vor seinem Auto einbog, quietschend bremste und stehenblieb. Genau vor der Ausfahrt von Rosalie. Klein blieb bewegungslos sitzen.

Wer konnte das sein? Offenbar jemand, der es sich leisten konnte, das Halteverbot vor der Ausfahrt zu ignorieren. Jemand, der sich auf dem betulichen Zürichberg nicht an die Tempo-30-Regel hielt. Jemand, der es eilig hatte, zu Rosalie Schneidinger zu kommen, der aber dann doch, wie Klein feststellte, zunächst gar nicht das Auto verließ. Mit Sicherheit jemand, von dem Klein hier nicht gesehen werden wollte.

Die beiden Vordertüren öffneten sich erst nach etwa einer Minute. Frau Bänziger und Herr Drulovic stiegen aus, schlugen entspannt die Türen zu und stapften die kurze Treppe zum Hauseingang hoch. Sie verschwanden hinter den Thujasträuchern des Gartens. Klein wartete, bis er sicher sein konnte, dass sie im Haus waren. Dann ließ er den Wagen an und verschwand.

13

Die letzte Überraschung ließ Klein sich nicht nehmen. Um sieben war er da und sah schon von weitem David mit seinen Eltern am Schalter stehen. David trug bereits wieder, wie seinerzeit in Israel, den dunklen Anzug zum weißen, krawattenlosen Hemd, dazu nicht mehr ein farbig gehäkeltes, sondern ein großes schwarzes Samtkäppchen. Davids Gesicht hellte sich auf, als er Klein herankommen sah. Als kleines Abschiedsgeschenk hatte Klein ein Büchlein aus seiner eigenen Bibliothek mitgebracht. *Die jüdische Predigt. Anleitung für angehende Rabbiner zur Erbauung und Belehrung ihrer Gemeinden*, geschrieben Ende des 19. Jahrhunderts von einem Autor, den nur noch die Historiker kannten. David blätterte lachend, aber auch verlegen darin. «Lesen musst du das nicht, aber an mich erinnern sollst du dich ab und zu, wenn du es anschaust», schmunzelte Klein.

Sie erledigten das Abfertigungsprozedere und gingen weiter zur Schleuse vor der Sicherheitskontrolle, wo sie sich endgültig trennen mussten. Davids Mutter, Cynthia Bohnenblust, zeigte sich so emotional, wie Klein es nie erwartet hätte, der Vater gab seinem Sohn einen flüchtigen Kuss auf die Wange.

Klein nahm ihn etwas zur Seite. «Denk daran, David, was über Rabbi Akiva im Talmud steht: Der lernte erst mit vierzig Jahren lesen und schreiben, und seine Frau, die alles für ihn aufgegeben hatte, schickte ihn dann weg, damit er ein Thoragelehrter würde.» David kannte die Geschichte natürlich. Als Rabbi Akiva nach zwölf Jahren mit zwölftausend

Schülern heimkehrte, hörte er seine Frau von ferne sagen, ihr wäre es sogar noch lieber, er würde nochmals zwölf Jahre lernen, und er kehrte um, ohne mit ihr gesprochen zu haben. Nach vierundzwanzig Jahren kehrte er mit vierundzwanzigtausend Schülern zurück. Es kam zu einem gefühlsgeladenen Wiedersehen, und der reiche Schwiegervater, der das Paar einst verstoßen hatte, versöhnte sich mit ihm.

«Willst du mich vierundzwanzig Jahre lang nicht mehr sehen?», schmunzelte David.

«Das wollte ich damit nicht sagen», lächelte Klein. «Aber wenn man gehen muss, dann muss man richtig gehen. Und ich kann dir sagen: Rabbi Akivas Frau, die er über alles liebte, war ein stärkerer Anziehungspunkt für ihn als alles, was du hier haben kannst, für dich ist. Zieh es durch!»

Er umarmte David fest und spürte dessen Zuckungen. Bevor David hinter der Absperrung verschwand, winkten alle nochmals, und Klein murmelte einige hebräische Worte.

«Was haben Sie da noch vor sich hin gesagt, wenn ich fragen darf?», fragte Davids Vater. «Einen Segensspruch?»

«So was Ähnliches», meinte Klein und schneuzte sich diskret. «Einen Vers aus dem Hohenlied. Den Schlussvers.»

Dann verabschiedete er sich vom Ärztepaar Bohnenblust. Er ging zurück ins Parkhaus, stieg in sein Auto und fuhr heim. Unterwegs hörte er in den Nachrichten, dass heute Abend völlig überraschend der Finanzchef des Unterland-Konzerns, Christoph Scheurer, zurückgetreten sei. Es wurden persönliche Gründe geltend gemacht, wie ein Konzernsprecher betont habe.

Beim Eintritt in die Wohnung fiel Klein als Erstes auf, dass zwei identische schwarze, wattierte Kapuzenmäntel in der Garderobe hingen. Rina schaute einen Disneyfilm, Dafna war in der Dusche – aus ihrem Zimmer hörte Klein leise Musik, offenbar war Jenny dort. Aus dem Salon drangen Stimmen, nebst Rivkas Stimme konnte er diejenige von Simone Lubinski erkennen. Er trat ein. Die Frauen saßen bei Tee und Keksen. Rivka empfing ihn mit einem Kuss auf die Wange und fragte, ob er auch etwas trinken wolle. Klein lehnte dankend ab und setzte sich in einen freien Sessel.

«Simone ist gekommen, um Jenny mit heimzunehmen. Sie packt nur gerade ihre Sachen zusammen.»

«Ich schulde euch solchen Dank», sagte Simone. «Die paar Tage haben ihr so gutgetan. Noch dazu während dieser ganzen Turbulenzen.»

«Wieso denn? Jenny war ein ausnehmend angenehmer Gast», sagte Rivka. «Ich wäre manchmal froh gewesen, es wäre mit Dafna ebenso einfach gewesen. Die war die letzten Tage ganz schön schwierig.»

«Naja, hoffen wir, es sind einfach die letzten Zuckungen der Pubertät», meinte Simone.

Da Jenny noch auf sich warten ließ, berichtete Rivka ihrem Mann, was Simone ihr soeben erzählt hatte. Gegen Röbi sei ein Ermittlungsverfahren wegen Betrugs bei Börsengeschäften eröffnet worden, und Julia Scheurer sei heute wegen Mordverdachts festgenommen worden. Christoph Scheurer hatte Röbi noch vor seinem Rücktritt angerufen und ihn aufs schrecklichste beschimpft, nachdem er gehört hatte, dass die Insidergeschichte aufgeflogen war. Röbi ging es nach all dem ziemlich schlecht, er hatte wieder ans Beatmungsgerät angeschlossen werden müssen.

«Soso», sagte Klein tonlos. «Interessant.» Es schien alles folgerichtig nach dem, was er in den vergangenen vierundzwanzig Stunden erfahren hatte, aber irgendwie auch wieder nicht. Warum hat zum Beispiel, fragte er sich, bei den Ermittlungen zu Carmens Ermordung nie jemand danach gefragt, wo Simone Lubinski zur Tatzeit war? Schließlich musste sie genau dann auch nach Rüschlikon fahren, und sie hatte im Kampf um ihr Erbe nicht weniger Grund als Julia Scheurer, Carmen zu töten, die das ganze gewonnene Geld einsacken wollte. Und den passenden Mantel hatte sie ebenfalls!

Er wusste, dass er gegen alle Formen der Höflichkeit und, da Simones Tochter soeben mit ihrem gepackten Rucksack eintrat, auch der Pädagogik verstieß – er wusste, dass er die gerade wiederhergestellte Harmonie mit seiner Frau aufs Spiel setzte, wenn er tat, was er jetzt tun wollte. Aber er konnte nicht anders.

«Simone», sagte er, «was ich dich schon lange fragen wollte: Wo warst du eigentlich zu der Zeit, als Carmen vor den Zug gestoßen wurde?»

Er fühlte, wie die Köpfe der beiden Frauen sich ihm zuwandten und ihn mit starrem Blick fixierten. Nur Jenny, die sich neben ihrer Mutter aufs Sofa gesetzt hatte, schien mit ihren eigenen Gedanken beschäftigt.

«Gabriel!», rief Rivka. «Nun hat die Polizei gerade Julia Scheurer verhaftet. Kannst du nie aufhören mit deinen ewig neuen Verdächtigungen und Schnüffeleien?»

«Diesen Schnüffeleien verdankst du immerhin, dass die Polizei die Ermittlungen gegen dich eingestellt hat!», erwiderte Klein erbost.

«Vorläufig, Gabriel. Vorläufig!», schnaubte Rivka.

Simone saß plötzlich wie eine Ringrichterin zwischen ihnen. «Kein Problem», sagte sie. «Die Frage ist ja nicht unberechtigt. Sie erübrigt sich schon dadurch, dass ich an jenem Tag überhaupt nicht diesen schwarzen Mantel trug, sondern meinen Pelzmantel. Es war derart kalt, dass ich das Wärmste nahm, das ich habe. Hinzu kommt, dass ich mich verspätet hatte. Kurz bevor ich gehen wollte, kam Professor Küfer bei Papa zur Visite vorbei, und da wartete ich, bis er fertig war, damit ich ihn mal über Papas Zustand befragen konnte. Ich habe sogar Jenny extra angerufen, denn ich hatte ihr zuerst geschrieben, wir könnten vielleicht zusammen heimfahren, wenn sie nach halb fünf aus der Schule kommt. Stimmt's, Liebes?»

Jenny nickte abwesend, das Ganze schien sie wenig zu interessieren.

Natürlich hatte Klein keinerlei Handhabe, dieses Alibi zu prüfen. Es klang immerhin ziemlich wasserdicht. Ein Professor am Universitätsspital, der hätte bestätigen können, dass sie um diese Zeit mit ihm gesprochen hatte und der vielleicht sogar noch ihren Pelzmantel bemerkt hatte, war kaum käuflich, wie es Frau Lombroso mit ihrem mäßig erfolgreichen Café gewesen war.

«Ohnehin», sinnierte Klein laut vor sich hin, «wäre es eigentlich erstaunlich, wenn die Person, die diesen Mord begangen hat, nach der Publikation des Bahnhofsvideos diesen Mantel nicht einfach entsorgt hat. Wer soll noch in so einem Kleidungsstück herumlaufen, wenn er vermuten muss, dass es eins der wenigen Indizien bei dem Mord ist, den er begangen hat?»

«Da hast du vielleicht recht», pflichtete ihm Rivka, wieder ruhiger, nun bei. «Aber man hat mich ja auch in meinem schwarzen Mantel am Flughafen abgefangen.»

«Und Julia Scheurer, die jetzt festgenommen wurde, trug ihren Mantel ebenfalls noch, als sie letzte Woche bei mir war», sagte Klein.

Simone leerte ihr Teeglas. «Naja, jedenfalls scheint die Polizei das anders zu sehen als der Herr Rabbiner. Die werden ihre Gründe haben, wenn sie Julia Scheurer festnehmen.» Sie gab ihrer Tochter einen Klaps auf den Oberschenkel. «Komm Jenny, wir machen uns langsam aus dem Staub, damit die Familie Klein noch den Abend für sich hat.»

Einen Moment lang hatte Klein das Gefühl, die Zeit bliebe stehen, alle Bewegungen wären erstarrt, Simone und Jenny im Aufstehen begriffen, Rivka mit dem Glas in der Hand, reglos, er selbst, der sich erheben wollte, wie festgenagelt in seinem Sessel, als hinter ihnen vom Eingang des Salons her der Satz ertönte: «Ich glaube, es ist Zeit für die Wahrheit. Bevor die Polizei die halbe Stadt verdächtigt.»

Als die Zeit weiterzulaufen begann, als aller Augen sich auf die Tür richteten, stand dort, lässig im Bademantel mit verschränkten Armen gegen den Pfosten gelehnt, das lockige Haar vom Duschen noch feucht, die Wangen rosig, seine ältere Tochter, die er in diesem Augenblick anstarrte, als hätte er sie noch nie gesehen. Dafnas Züge, die in den letzten Monaten immer wieder zwischen Kindlichkeit und Fraulichkeit changiert hatten, erschienen nun in einer Reife und Überlegenheit, die den endgültigen Übertritt zur Erwachsenen bekundeten.

«Am Ende», fügte sie hinzu, «hat er doch recht gehabt, dieser, wie hieß er, Ben Asai? Der Lohn der Sünde ist eine Sünde.» Mehr sagte sie nicht.

14

Klein fühlte, wie ihm innerlich kalt wurde, sein Blick glitt zu Rivka, die ihre Tochter entgeistert anstarrte. Simone setzte sich wieder, und Jenny schaute ihre Freundin mit brennenden Augen an.

«Dafna, was hast du – wie meinst du das?» Zu einer artikulierteren Reaktion war Rivka nicht fähig. Ihr Gesicht war von Angst beherrscht.

Dafna blieb unbeweglich stehen, ihr Gesicht verriet keine innere Bewegung, doch sie schaute in eine ganz bestimmte Richtung, an ihrem Vater und ihrer Mutter vorbei.

«Du hast recht, Dafna», ließ sich da Jennys leise Stimme vom Sofa her vernehmen, und während die Blicke der drei Erwachsenen im Raum herumfuhren, vom einen Mädchen zum anderen, fügte sie, den Blick auf den Boden gesenkt, hinzu. «Irgendwann muss es wohl raus. Ich habe Carmen vor den Zug gestoßen.»

Simone stieß einen schrillen, ungläubigen Schrei aus und schlug die Hände vor den Mund. Einen Moment später begann sie zu stöhnen, sich vor und zurück zu wiegen, unkontrolliert, und die Tochter, die soeben die Tat gestanden hatte, legte ihr zögernd die Hand auf die Schulter. Schließlich sah sie auf, in die fassungslosen Gesichter von Rivka und Klein, und während sie ihrer Mutter sanft den Rücken streichelte, begann sie, zaghaft zunächst, dann mit fester werdender Stimme zu erklären.

«Du weißt sicher noch, Mum, wie du heimkamst an diesem Abend vor zwei oder drei Wochen, gerade in der Zeit, als es so kalt wurde draußen. Du hast völlig fertig ausgesehen. Ich hab dich gefragt, was los sei, aber du hast nur abgewinkt. Aber später am Abend bist du dann zu mir ins Zimmer gekommen und hast mir erklärt, ich dürfe auf keinen Fall mehr Nathans Freundin sein. Du weißt noch, wie wir uns stritten, weil ich überhaupt nicht verstand, was los war. Du hast darauf bestanden, dass ich ihm jetzt sofort eine Textnachricht schickte, dass es vorbei sei, und dann hast du mir das Telefon für die Nacht weggenommen. Noch nie hast du so was gemacht, ich war fassungslos. Und dann, am nächsten Morgen hast du dich entschuldigt, aber mir erklärt, dass Nathans Mutter uns etwas Schreckliches angetan habe, dass sie Opa erpresse, weil er einen Fehler gemacht habe. Und dass, solange diese Person auf Erden herumlaufe, jeder Kontakt mit ihr oder ihrem Sohn für unsere Familie tabu sei.»

Simone wiegte sich immer noch vor und zurück, langsamer jetzt, bedächtiger, fast wie ein Jude, der den Talmud lernt und sich auf jedes Detail konzentriert, das die Gelehrten in der Diskussion gegeneinander ausspielen. Sie versenkte sich in jeden Winkel ihres Unglücks und des Verhängnisses, in das sie gelaufen war, als Tochter und als Mutter.

«Ich war schockiert», fuhr Jenny fort, «und ich war dir böse. Dir und Opa. Wieso musste ich euren Dreck ausbaden? Was hatte das mit Nathan und mir zu tun? Es war mir unerträglich, zu Hause zu sein. Du hast versucht, gut Wetter zu machen. Hast mir den neuen Designstuhl gekauft, der mir in einer Zeitschrift so gefallen hatte. Wolltest unbedingt, dass wir mal zusammen Kaffee trinken gehen oder zusammen von der Stadt heimfahren, wenn du vom Spital kommen würdest und ich die Schule fertig hätte. Aber das war es ja nicht, was ich wollte. Ich wollte Nathan, und den hast du mir weggenommen. Oder Carmen hat ihn mir weggenommen, wenn man so will.»

Klein hatte sich nach dem ersten Schock des Geständnisses wieder einigermaßen gefangen. Er dachte daran, was Charly über Jenny gesagt hatte: fürsorglich, selbstbezogen, besitzergreifend. «Aber was geschah an dem Tag, an dem du Carmen …», fragte er stockend.

«An diesem Tag hatten wir später Schule», setzte Jenny in verstörender Sachlichkeit ein. «Wahlfachtag, nicht wahr, Dafna?»

Dafna nickte unmerklich, sie schien dieses Detail angesichts des Vorgefallenen für belanglos zu halten. Es erklärte aber Klein, weshalb die Person auf dem Video – weshalb Jenny keine Schultasche dabei hatte. «Mum ging früh aus dem Haus», fuhr das Mädchen im selben Tonfall fort. Simone saß jetzt nur noch bewegungslos da, die Ellbogen auf den Knien und das Kinn in die Hände gestützt. Jenny nahm die Hand von ihrem Rücken und wandte sich ihr zu, sie sprach nun beinahe lebhaft, wie jemand, der ein lange zurückgehaltenes großes Erlebnis erzählt. «Dein Mantel hing in der Garderobe, und ich wollte den unbedingt einmal anziehen. Eigentlich komisch, ich war sehr wütend auf dich, aber ich wollte trotzdem mal so rumlaufen wie du. Ich habe mir eingeredet, als Rache. Aber ich glaube nicht, dass es Rache war.»

«Kommst du mal auf den Punkt?», fragte Dafna, die immer noch im Türrahmen stand, mit unerwarteter Autorität.

«Okay», sagte Jenny, wie ein folgsame Schülerin, nun an die Kleins gerichtet. «Jedenfalls, als die Schule aus war, erhielt ich die Nachricht von Mum, dass ich allein heim solle, weil sie noch mit dem Arzt sprechen wollte. Ich ging wie jeden Tag zum Bahnhof, von der Bederstrasse die Treppe hinunter, und sah sogar, wie Rivka dort Geld aus dem Automaten holte. Ich fand es lustig, dass sie denselben Mantel trug wie ich, das hat mich überrascht. Dann ging ich gemütlich zum Perron hinunter, und dann kam diese Durchsage von dem durchfahrenden Zug. Im selben Moment sah ich ein paar Meter vor mir Carmen stehen, ziemlich nahe am Gleis, ungefähr da, wo diese weiße Linie verläuft. Ich hatte sie nicht sofort erkannt, weil sie eine Mütze trug, aber in diesem Moment war es klar, dass sie es war. Und plötzlich schoss es mir durch den Kopf: ‹solange die auf der Erde rumläuft›! Aber was, wenn sie nicht mehr auf der Erde rumläuft? Dann wäre alles wieder in Ordnung. Dann ging alles schneller, als ich denken konnte. Im Moment, als sie auf das Gleis fiel, war ich schon am Weglaufen. Um mich herum sah alles aus wie ein Drei-D-Film, lauter Leute, die mit mir nichts zu tun hatten, ich lief zwischen ihnen durch, wie wenn es Möbel wären. Nur eine Frau hörte ich, weil sie so furchtbar laut schrie. Aber ich ging einfach weiter, die Treppe hinauf aus dem Bahnhof, dann den Bahnhof entlang, ohne zu rennen. Niemand kam mir hinterher. Die Leute waren wohl wie gelähmt, oder sie wollten nichts damit zu tun haben. Ich ging zu McDonald's, bestellte mir Pommes, auch wenn ich keinen Bissen essen konnte. Ich dachte, sogar wenn jetzt eine panische Suche beginnt, würde niemand sehen, dass ich dort bin. Ich war ziemlich klar im Kopf. Den Mantel zog ich natürlich sofort aus. Nach einer Weile ging ich wieder raus. Im Bahnhof war ein Riesenaufruhr. Mich beachtete keiner. Ich stieg ins Tram und fuhr zum Bürkliplatz und von dort mit dem Bus über Kilchberg heim.»

Jenny hielt inne. Es schien fast, als koste sie eine Kunstpause aus, die betonen sollte, wie gelassen sie nach ihrer Tat geblieben war. Alle hatten bewegungslos gelauscht. Die Abgeklärtheit, mit der Jenny ihre Tat erzählte, war so beeindruckend wie beklemmend.

«Die zwei Tage, die danach kamen, waren ziemlich ruhig», fuhr Jenny fort. «Ich beschloss, im Bett zu bleiben, und meldete mich krank. Ich fühlte mich zwar schlecht wegen dem, was ich getan hatte, aber mit Mum ging es wieder besser, und sie hatte auch nichts dagegen, dass ich wieder mit Nathan telefonierte, der natürlich traurig und bedrückt war. Und er war froh, dass ich mich um ihn kümmerte. Alles schien gut zu werden.»

«Gut zu werden?», fragte unvermittelt Simone mit seltsam gurgelnder Stimme. «Sagst du wirklich ‹gut zu werden›? Herrgott, du hast einen Mord begangen, Jenny! Wie soll da jemals wieder etwas gut werden!»

Jenny sah sie in einer Mischung aus Schuldbewusstsein und Mitgefühl an. «Ich sagte ja, ich fühlte mich schlecht für das, was ich getan hatte. Aber zugleich war das Leben auch wieder viel einfacher geworden. Nicht nur meins übrigens. Auch deins. Und das von Opa. So schien es mir jedenfalls. Bis zu dem Moment, als sie im Internet schrieben, dass Carmen wahrscheinlich umgebracht worden sei.»

«Ja», schrie Simone, beinahe hysterisch, «da hast du Schiss bekommen, was?»

Jenny blickte versonnen vor sich hin, das Kinn auf die rechte Hand gestützt. Sie schüttelte langsam den Kopf. «Ich hatte keine Angst. Oder sagen wir: Nicht mehr Angst als vorher. Es war etwas anderes. Als die Polizei sagte, dass Carmen wohl getötet worden war, reagierte Nathan furchtbar.

Er postete solches Zeug – dass er dem Mörder seiner Mutter nie verzeihen werde, dass er ihm persönlich den Hals umdrehen werde, wenn er ihn erwische. Richtig aggressiv. Und da habe ich erkannt, dass das alles umsonst gewesen war. Ich konnte mit Nathan nur zusammen sein, wenn ich ihn dauernd anlog und ihm das Wichtigste zwischen uns nicht sagte. Das war zwar von Anfang an so gewesen, aber erst als Nathan so wütend wurde, ist es mir vollständig klar geworden. Ich wurde nun plötzlich auch auf Mum stinksauer, weil ich das Gefühl hatte, dass alles ihre Schuld sei und nur noch schlimmer geworden war. Und das war es ja eigentlich auch.»

«Das kann man wohl sagen! Das kann man wohl sagen!», rief Simone mit gebrochener Stimme. Klein wusste nicht genau, was sie damit meinte. Sie rang die Hände, streckte und verzog im Sitzen die Beine – ein Mensch, der nicht mehr wusste, wohin mit sich.

«Und dann», ergänzte Klein, «bist du für ein paar Tage hierhergezogen, und weil du mit irgendwem darüber reden musstest, hast du es Dafna erzählt. Vermutlich gerade dann, als ich abends bei euch ins Zimmer reinschaute.»

Er sah zu Dafna, mit einem Blick, der nach Einverständnis heischte. Sie verzog keine Miene.

«So war's doch, oder?», fragte er. Nun nickte Dafna schwach.

«Ich musste das alles mal loswerden», ergänzte Jenny. «Was ich getan hatte. Was nun die Folgen davon waren, mit Nathan und so weiter. Aber auch, warum ich das getan hatte. Dass Opa krumme Geschäfte gemacht und Carmen ihn erpresst hatte. Die ganze Scheiße halt.»

Es entstand eine kurze Pause, in der jeder der fünf Menschen im Raum ausschließlich und sorgenvoll mit sich selbst beschäftigt zu sein schien.

«Aber das heißt doch», durchschnitt Rivkas Stimme das Schweigen, «dass meine eigene Tochter all das über Tage hinweg gewusst hat, während die Polizei noch gegen mich ermittelte und ich nachts kein Auge schließen konnte. Das verstehe ich doch richtig, Dafna, oder?»

«Ich hatte Jenny versprochen, mit niemandem darüber zu reden», sagte Dafna. Sie sah plötzlich nicht mehr ganz so erwachsen aus wie noch wenige Minuten zuvor.

«Du hast es *versprochen*? Du hast riskiert, dass deine Mutter unschuldig ins Gefängnis kommt, weil du deiner Freundin *versprochen* hast, sie nicht zu verpfeifen? Und in dem Moment, wo gegen deine Mutter nicht mehr ermittelt wird und eine wildfremde Frau Scheurer verdächtigt wird, fällt dir ein, dass Jenny die Tat vielleicht doch gestehen sollte? Versteh ich das jetzt gerade richtig?»

Dafna wand sich. «Wir hatten abgemacht, dass das nur geheim bleibt, wenn niemand Unschuldiges ins Gefängnis muss. Jenny hat mir versprochen, dass sie die Tat sonst zugibt.»

«Ich höre immer nur ‹versprochen, versprochen, versprochen›. Jenny hat einen Menschen umgebracht!»

Jenny erhob sich unvermittelt. «Ich denke, wir sollten nun einfach zur Polizei gehen. Wir sind hier durch.»

Simone war verzweifelt. Sie trat zu Klein hin, fasste ihn am Jackett. «Lässt sich das nicht irgendwie vermeiden, Gabriel? Du bist doch Rabbiner. Du kannst doch ein Wort für sie einlegen. Wenn sie in den Jugendvollzug kommt, dann ist doch ihr ganzes Leben hin. Das klebt doch an ihr für alle Zeit. Und dieser Umgang dort! Tu doch was. Bitte!»

«Wie stellst du dir denn das vor?», fragte Klein. «Dass ich mit Jenny zur Kommissarin gehe und sage: ‹Hier, dieses Mädchen hat Carmen Singer vor den Zug geworfen und es auch zugegeben. Aber machen wir mal kein großes Fass auf, die kriegt sich schon wieder ein, ich schlage vor, sie schreibt hundert Mal 'Ich darf nie wieder jemanden vor den Zug schmeißen', und dann lassen wir es gut sein. Sonst muss sie noch mit all diesen verkommenen Jugendlichen in den Vollzug, die Autos gestohlen und gedealt haben, und das kann man ihr doch nicht zumuten.› Stellst du dir das so vor?» Er merkte, dass er, gegen seine Absicht, zu schreien begonnen hatte.

Simone sank wieder zurück auf das Sofa. Sie war vollkommen entkräftet.

«Wir fahren auch nicht zur Polizei, sondern wir lassen die Polizei schön hierherkommen, ob mit Überfallkommando oder in zivil, das soll sie selbst entscheiden», erklärte Klein. Er war seit dem Fall Berger von Experimenten geheilt. Er nahm sein Telefon hervor und wählte Frau Bänzigers Nummer.

Herr Drulovic meldete sich. Frau Bänziger sei in einem Gespräch. Unabkömmlich.

«Wenn sie gerade die mutmaßliche Täterin im Fall Carmen Singer vernimmt, dann können Sie ihr ausrichten, die Übung kann abgebrochen werden», sagte Klein. «Oder ans Betrugsdezernat weitergeleitet. In meinem Wohnzimmer sitzt die Person, die den Mord soeben vor Zeugen gestanden hat. Sie müssen sie nur abholen – nein, nicht meine Frau, keineswegs meine Frau – nein, den Rest klären wir am besten, wenn Sie hier sind – ja, es muss jetzt sein, sofort, Herr Drulovic – danke … und, Herr Drulovic, noch etwas: Ich denke, Tempo Dreißig auf dem Zürichberg gilt auch für die Polizei, wenn sie nicht gerade mit Blaulicht unterwegs ist. Auf Wiedersehen.»

Als Rina schlief, hatten Klein und Rivka das unvermeidliche Gespräch mit ihrer älteren Tochter. Die Zeit der Kleinmädchengeheimnisse sei vorbei. Sie habe einen schweren Fehler begangen, ihrer Mutter Schaden zugefügt und so weiter. Eigentlich waren sich alle drei im Klaren, dass es dieses Gespräch nicht mehr brauchte, dass es dem Ritual geschuldet war, Erziehung nicht einfach geschehen, sondern sie den Kindern angedeihen zu lassen. Es war aber auch die Bedingung, die es ihnen erst wieder ermöglichte, einander in den Arm zu nehmen und der gegenseitigen Zuneigung zu versichern. Das galt zwischen Eltern und Tochter nicht weniger als zwischen den Eltern selbst.

Als diese sich bereits ins Schlafzimmer zurückgezogen hatten, erschöpft und aufgedreht zugleich, jeder mit einem Buch in der Hand, klopfte es nochmals an die Tür, und Dafna trat ein, ein lautlos surrendes Telefon in der Hand.

«Jenny hat ihr Handy hiergelassen. Nathan versucht sie zu erreichen.»

Klein sah auf. «Lass läuten», sagte er. Und wandte die müden, leicht brennenden Augen wieder dem Buch zu, dem immer gleichen, der Passage, der immer gleichen, die ihn seit Tagen verfolgte, die er immer wieder las und leise aussprach, als müsse er darin noch etwas erkennen, was keiner seiner viel bedeutenderen Vorgänger gefunden hatte: «Flieh, mein Freund, und gleiche dem Hirsch oder der jungen Gazelle auf den Gewürzbergen.»

Glossar

Am Israel Chai – hebräisch: das Volk Israel lebt. Populärer Slogan, der die Unvergänglichkeit des jüdischen Volks betonen soll

Challot – Brotzöpfe, die vor allem am Schabbat und an jüdischen Feiertagen gegessen werden

Charedisch – ultra-orthodox

Chewra (Kurzform für *Chewra Kadischa*) – Beerdigungsgesellschaft

Gaon – Bezeichnung für besonders hervorragende Rabbiner, wie etwa den Gaon von Wilna (im 18. Jahrhundert)

Hatzoloh – hebräisch: Rettung. Privat finanzierter jüdischer Sanitätsdienst in Zürich

Jeschiwa – Talmudhochschule

Kohelet – hebräischer Name für das biblische Buch Ecclesiastes (Prediger)

Lecha Dodi – traditionelles Lied aus dem 16. Jahrhundert, mit dem im Freitagabendgottesdienst der Schabbat empfangen wird. Der Refrain «Gehe, mein Geliebter, der Braut entgegen» ist an das Hohelied angelehnt. Bei der letzten Strophe steht die Gemeinde auf und dreht sich um zur symbolischen Begrüßung der Braut und Prinzessin Schabbat

Maariv – das jüdische Abendgebet

Mincha – das jüdische Nachmittagsgebet

Minjan – hebräisch: Zahl, wird für die Anzahl von mindestens zehn Männern verwendet, die zusammen eine Betgemeinschaft bilden

Schammes – jiddisch: Synagogendiener
Schidduch – arrangierte Ehe, vor allem bei orthodoxen Juden
Schir Haschirim – hebräisch: wörtlich «Lied der Lieder». Titel des Hohenlieds
Schiwa – die sieben Trauertage nach der Beerdigung eines nächsten Verwandten oder Ehepartners

Luis Sellano

Sonne, Mord und Portugal

978-3-453-41944-5